テイルズ オブ ファンダム

～旅の終わり～

結城　聖

集英社スーパーダッシュ文庫

テイルズ オブ ファンダム
～旅の終わり～

CONTENTS

イラスト／松竹徳幸

スーパーダッシュ

アセリア歴

「テイルズ オブ ファンタジア」 ★★★シリーズの歴史★★★

(一部「テイルズ オブ ファンタジア〜なりきりダンジョン〜スーパーダッシュ文庫」の設定を含む)

????年

★ダオス出現。人類に対し《魔科学》を捨てることを要求。対立が始まる。

4202年

★未来世界より、クレス、ミントが《時空転移》。クラース、アーチェを仲間に。
★ヴァルハラ戦役始まる。ミッドガルズ&アルヴァニスタ連合軍VSダオス軍。クレス、ミント、クラース、アーチェは、傭兵として参加。この四人により追いつめられたダオスは《時空転移》をして去り、連合軍が勝利する。
★ミント、『魔導砲』の使用により枯れかけた、世界樹ユグドラシルを蘇らせる。
★クレスら四人、古代都市《トール》のシステムを使い、4304年へ《時空転移》。

429?年

★《時空転移》によりダオス出現。ミゲール、マリア、メリル、モリスンにより、ユークリッド大陸南部の地下墓地に封印される。

4304年

★ダオスに魅入られた、ユークリッド独立騎士団によりトーティス村壊滅。ミゲール、マリア他、アミィを

含む、村人のほとんどが死亡。
クレスとチェスターのみが生き残る。
同時期に、メリル、ミントのアドネード親子も捕らえられ、メリルは死亡。
ミントはクレスの手によって救出されるも、ダオス封印の鍵のペンダントは奪われる。
★ユークリッド独立騎士団の手によりダオス復活。騎士団は直後にダオスの手により壊滅。
★クレス、ミント、モリスンの手により、4202年へ《時空転移》。
★直後、クレス、ミントがクラース、アーチェを引き連れ、過去から帰還。ダオス、戦いに敗れ、再度《時空転移》。
★ダオス、未来よりユークリッドを攻撃。クレス、ミント、クラース、アーチェ、チェスターの五人は、ダオスを追って五十年後の未来へ《時空転移》。

4354年

★クレス、エターナルソードを入手。伊賀栗の里で、すずを仲間に。エターナルソードにより、ダオスの《時空転移》能力を封じ、ついにこれを倒す。
★マナの《大消失》が発生。
★クレス、ミント、クラース、アーチェ、チェスター、それぞれの時代へ帰還。

43??年

★マナが回復。《大いなる実り》、《デリス・カーラーン》へ向け出発。

4408年

★メル、ディオの二人、『精霊の試練』へ旅立ち、自らの出生の秘密を知る。

~シリーズ・登場人物紹介~

テイルズ オブ ファンタジア

ダオスを倒した時空の勇者

- **クレス・アルベイン:** 剣士。
- **チェスター・バークライト:** 弓使い。
- **ミント・アドネード:** 法術師。
- **クラース・F・レスター:** 召喚術師。
- **アーチェ・クライン:** 魔術師。
- **藤林すず:** 忍者。

ダオスを封印した人々

- **ミゲール・アルベイン:** 剣士。クレスの父。元・ユークリッド騎士。
- **マリア・アルベイン:** 法術師。クレスの母。
- **メリル・アドネード:** 法術師。ミントの母。
- **トリニクス・D・モリスン:** 法術師。

その他の人々

- **アミィ・バークライト:** チェスターの妹。
- **エドワード・D・モリスン:** 魔術師。トリニクスの祖父。

テイルズ オブ ファンタジア~なりきりダンジョン~

- **メル・フォート:** なりきり師。前世はダオスの星の住民。
- **ディオ・フォート:** なりきり師。
  前世はダオスの星の住民。
- **クルール:** 不思議な生物。

テイルズ オブ ファンダム
～旅の終わり～

プロローグ　～悪夢～

窓が、血のように赤く輝いていた。

影が映る――逃げ惑《まど》い、何かを求めるように手を上げた影が。その背に矢が突き刺さり、倒れる。長い剣を持った影が現れ、いやいやをするように首を振る影に、逡巡《しゅんじゅん》も見せずに突き立てる。

先程まで聞こえていた半鐘《はんしょう》の音も、今はもう聞こえない。あたりを圧するのは、悲鳴、鎧《よろい》の音、木材が爆《は》ぜる炎の音だ。

(これは……)

チェスター・バークライトは、呆然《ぼうぜん》とあたりを見回した。炎が燃えているのは外だけではない。ここ――自分の足元でも燃えている。直火《じかび》式料理用薪《まき》ストーブの横では、鍋《なべ》が引っくり返ってシチューが床にこぼれ、辛《から》い香りを辺りに振り撒《ま》いている。

彼は、この匂《にお》いを知っている。

軋《きし》むような足音にチェスターが振り返ると、戸口に漆黒《しっこく》の鎧に身を固めた騎士が立っていた。

その姿を見た途端、彼の心臓は痛むほど強く打ち、青みがかった銀の髪は逆立った。切れ長の青い瞳《ひとみ》はこれ以上ないほど見開かれ、指が何かを求めるように震える。だが、まるで法術の一つ《タイムストップ》をかけられたかのように、体は動かなかった。

黒騎士の手には抜き身の剣が下がったままで、その刃《やいば》ははっきりと血に濡《ぬ》れている。鎧の色のせいでよくはわからないが、泥《どろ》が跳《は》ね上がったようにあちこち点々と濡れているのも、同じ血に違いなかった。兜《かぶと》の格子《こうし》の向こうの青い目には感情は見えない。その目が、ゆっくりと二階を向いた。

その意味するところがわかって、チェスターの体は氷のように冷たくなった。それとはまったく逆に、どっと汗が噴《ふ》き出す。二階には——

（やめろ！）

彼は声を限りに叫んだのだが、それは音にはならなかった。黒騎士がゆっくりとした足取りで、階段へと向かいはじめた——血の滴《したた》る剣を下げたまま。

（やめろ！　やめてくれ！　上には誰もいない！　いないんだ！）

手を伸ばしたが、体が果てしなく重い。まるで泥の中にいるようだった。足を動かそうにも床に張り付いてほとんど動かず、首を巡らせることもほとんど出来ない。目で騎士を追うのがやっとだった。

騎士は、手摺《てす》りに手をかけた。二階を仰《あお》ぎ見る。剣先から血が滴って、磨《みが》きぬかれた階段の表面でブラッディクラウンをつくった。

なぜか、それがひどくはっきりと見えた。

そのとき、天井で、どすん、と大きな音がした。重い、麦の詰まった麻袋《あさぶくろ》を倒したような音だった。

騎士の目が、いぶかしげに揺《ゆ》れた。

(鼠《ねずみ》だ！　いや、猫だ！　どっちにしても大したことじゃない！　上には誰もいないんだ！)

チェスターはすがるように叫んだが、やはり声にはならず、そもそも騎士は彼がそこにいることに気が付いている様子もなかった。

「おい！」騎士が、嗄《か》れかけた声で二階に向かってそう叫んだ。「撤退《てったい》だ！　急げ！」

ハッと、チェスターは二階を振り向いた。今度は、嘘《うそ》のように簡単に首が動いた。途端に、それまで聞こえていなかった二階の声が聞こえてきた。

「なんてことを！　こんな子供まで殺すことはないだろう！」

「皆殺しにしろ、とのマルス隊長のご命令だ！　逆らうのか!?」

「くそっ！……これのどこが盗賊の村なんだ！　何もないじゃないか！」

元々白磁《はくじ》のように白いチェスターの肌は、頭の上から聞こえるそのやり取りに、さらに血の気を失った。くちびるは紫色に変わり、細かく震えてとまらなかった。

二階も、燃えている。

炎に照らされて天井にまで長く伸びた二つの影が、向かい合って立っている。

目の前の騎士が、いらだったように、ガントレットを付けた拳《こぶし》を手摺りに叩《たた》き付けた。

「おい、撤退だ！　急げ！」

それに応ずるように、二階で鎧の鳴る音がした。一人の影がもう一人の影の騎士の胸甲《きょうこう》を叩いたのが、天井の影絵でわかった。

「いくぞ！　そんなガキは捨て置け！——どうせ盗人《ぬすっと》の仲間だ」

そんな声が聞こえた。

ぷつり。

歯を立てたくちびるが破れて血があふれ、顎《あご》を伝った。握り締めた拳の皮膚《ひふ》が裂け、血が滴った。これほど……これほど誰かを殺してやりたいと思ったことはなかった。そう——《あの時》も、これほどではなかった。

階段を軋ませながら、二人の黒騎士がゆっくりと降りてくる。一人ははっきりとわかる大柄な男だ。鎧そのものの規格が違う。得物《えもの》は剣ではなく、巨大なハンマーだ。もう一人は、背の高さは同じだが、ひょろりとした印象の男だった。鎧に包まれた手足が異様に長い。この男は、細身の剣を下げている。

その剣が、はっきりと血に濡れていた。

（この男がっ――！）

チェスターは、男の姿を、剣を、格子の隙間《すきま》から覗《のぞ》くその黒い目を、胸に刻みつけた。

階下にいた騎士が、顎をしゃくった。

「いくぞ。別働隊が法術士の親子を捕らえたということだ」

「法術士？　盗賊と何の関係があるんだ？」

「さあなあ。そいつも仲間なんだろう？　探し物は見つからなかったようだが、本部で尋問《じんもん》するらしい」

「尋問、ね」

喉《のど》の奥で酷薄《こくはく》に、痩《や》せた騎士が笑った。

その意味するところを、チェスターは知っていた。この連中を呪《のろ》う気持ちが膨《ふく》らんでいくのをどうしようもなかった。だがそれを、おしとどめるつもりもなかった。呪えるものなら、呪ってやりたい――なにもかも。

三人の騎士は、半分取れ掛けた扉を押し開けて出て行った。

途端、金縛《かなしば》りが解けた。

チェスターは、転がるように階段を駆け上がった。何が待ち受けているかはわかっている。

それでも――それでも、もしかしたら、という希望にすがらずにはいられなかった。滴った血に足を滑らせて向こう脛《ずね》をひどく打ちつけたが、普通ならのたうつほどの痛みを精神力で抑《おさ》えつけ、僅《わず》かに呻《うめ》いただけで構わなかった。

だが――

（う……うわあああああっ！）

希望は、やはり打ち砕かれた。

壁の一部は内側から崩れ、雨が吹き込んで床をぬらしている。彼が使っていたベッドは炎に包まれ、赤々とあたりを照らしていた。その隣、僅かに離れて並べられたベッドとの間の通路に、少女が倒れていた。

チェスターは、膝《ひざ》をついた。

少女の背中には、ぱっくりと剣による大きな傷口が開いて、下になった半身は自らの血でぐっしょりと濡れていた――耳の上で結ばれた、チェスターと同じ青みがかった銀髪も。開いたままの青い瞳は、硝子《ガラス》玉のよう。そして、その瞳の先には軽鎧を着込んだ手作りの人形があった。小さな手に握り締められて、血で汚れないようにか、その腕は僅かに上がったまま硬直していた。

（ちくしょう……）

呟《つぶや》き、わななく手を伸ばしたが、しかし、触れることはかなわなかった。――だが、わかる。片時も忘れてはいない。温かみを失った肌の冷たさを。凍るような雨と変わらない血の冷たさを――この瞳を。

雷が轟《とどろ》いた。

その音に混じるように、扉が再び開かれる音が聞こえた。這《は》うようにして階段を上がってくる足音も。

誰なのかはわかっている——俺だ。二年前の、十七だったときの俺だ。

チェスターは、振り向いた。

そこには、狩《かり》支度をして、髪を乱し、息を切らした、本当にはまだ何も知らなかったガキの顔をした自分がいた。

「嘘《うそ》だろう……」

自分の顔がぐしゃりと歪《ゆが》むのを、チェスターは初めて見た。もう涸《か》れ果てた涙が、流れるのも見た。長年愛用してきた弓《ゆみ》——《セルフボウ・S》が、指から離れて落ちるのも見た。弓は炎に舐《な》められて、弦《げん》が音を立てて切れた。

少年にも、チェスターの姿は見えていないようだった。

彼は、チェスターの体を難なくすり抜けると、少女の傍《かたわ》らに膝をつき、その細い体を抱き起こした。服に、籠手《こて》に、べっとりと血がつく。少年は少女の体を何度も揺すった。何度も、何度も揺すった。しかし、その瞳に光が戻ることはなく、その唇《くちびる》が再び少年を呼ぶことはなかった——お兄ちゃん、と。

少年は少女を抱きかかえたまま、赤く輝く天井を仰いだ。チェスターは、いつしか彼と重なっていた。喉が震える。そして――

「アミィーっ!!」

――血の叫びが、世界を揺るがせた。

Ⅰ　本当の望み

くぐもった自分の叫び声に、体を大きく震わせて、チェスターは目を開いた。

背中の下でベッドが軋《きし》み、驚くほど大きな音を立てていた。耳に、自分の荒い呼吸がやけに大きくはっきりと聞こえる。チェスターは最初、自分がどこにいるのかがわからず、忙《せわ》しなく瞳《ひとみ》を動かした。闇《やみ》の中で見開いた目に飛び込んできた天井には、何の痕《あと》も残っていなかった――焦《こ》げ痕も、血も。

（夢、か……）

布団《ふとん》に体を沈ませたまま、チェスターは深く息をついた。

つん、と汗の臭《にお》いがした。他の誰でもない、自分の汗だ。気付いた途端に額《ひたい》を一筋、珠《たま》が流れて落ちた。体を起こし手をつくと、布団は湿っぽかった。全部取り替えなくてはならないだろう。

部屋の扉がノックされて、

「兄さん？……チェスター兄さん、大丈夫？」

と声がした。

一瞬、チェスターの頭は再び混乱したが、すぐにそれが誰であるかに気がついて、自嘲《じちょう》するように微笑《ほほえ》んだ——もちろん、そんなわけはない。

「大丈夫だ、メグ。なんでもない」

養い子の中では最年長の少女に扉越しにチェスターはそう声をかけた。

「……また、あの時の夢を見たの？」

「いや、そうじゃない……なんでもないよ。いいから、おやすみ。……ちょっと……その、なんだ……タマネギの夢を見たんだ」

扉の向こうで、笑い声がした。チェスターのタマネギ嫌いは、彼の養い子で知らないものはいなかった。

「おやすみなさい、チェスター兄さん」

「ああ、おやすみ」

小さな足音が遠ざかるのを待って、チェスターはベッドを降りた。

タマネギの夢などとは大嘘《おおうそ》だった。

また、今夜も見たのだ——アミィの——妹の夢を。その最期《さいご》の刻《とき》を。

(もう、二年も前のことなのにな……)

チェスターは窓から、村の中を流れる川を眺めた。水の音、宵《よい》っ張《ぱ》りの魚が跳《は》ねる音が聞こえる。いま、この村は平和だ。もちろん、過去の教訓を生かして村の入り口は夜になれば大扉が閉じられ、夜通し歩哨《ほしょう》も立てられているが、このところその歩哨も居眠りがちだった。それもしかたのないことだろう。この村を襲った悲劇を知るのは、自分と、そしてクレスだけなのだから。

二年前のアセリア暦四三〇四年、ユークリッド大陸南部の村、トーティスは、マルス・ウルドール率いるユークリッド独立騎士団――通称《黒騎士団》の襲撃を受け、一度壊滅《かいめつ》している。

生き残ったのはたった二人。それがチェスター・バークライトと、クレス・アルベインだった。

二人はその時、村の裏手の森に狩りに出かけていて難を逃れた。半鐘《はんしょう》の音を聞き、村に戻った時には、騎士団はすでに引き上げたあとだった。二人にとってはある意味、不幸中の幸《さいわ》いだった。チェスターの弓《ゆみ》の腕は確かであり、クレスは大陸で名を馳《は》せた元・騎士の一人息子で彼のもとで修行を積んでいたとはいえ、本物の騎士にはまだ敵《かな》うはずもなかったからだ。

だが、それを幸運と思えるはずもなかった。

その襲撃で、チェスターはただ一人の肉親である妹のアミィを、クレスは両親を、それぞれ殺されている。

その仇《かたき》は討った。間接的にだが、復讐《ふくしゅう》は果たした――そう思っていた。

(それなのに、この夢だ……)

夢はあくまで夢だ。あの時誰がアミィを殺したのか、チェスターは見ていない。だから、あの騎士は彼の頭が作り出した姿に過ぎない。それなのに、ああもはっきりと繰り返し同じ姿を見る理由がわからなかった。

「くそっ……」

チェスターは握った拳《こぶし》で窓枠《まどわく》を叩《たた》くと、離れ、キャビネットから茶色のビンと少し汚れたコップを出して椅子《いす》に腰掛けた。ビンの蓋《ふた》を開けると、強いアルコールの臭いがした。中に入っているのは、出来の悪いブランデーだ。乱暴に注《つ》ぎ、一気に飲んだ。喉《のど》が焼けるように熱い。最初は咳《せ》き込んだこれも、今では簡単に飲み下せるようになってしまった。

ここしばらく、酒の力を借りないと眠れない日々が続いている。

このことは誰にも言っていないが、子供たちが――特にメグが――気がついていることはわかっていた。おそらくクレスも、そしてミントも気がついているのだろう。このところ、気遣《きづか》わしげに自分を見る目が……少し……厭《いと》わしい。

そんな風に思う自分もどうかしている。それはわかっているのだが、いまのチェスターにはどうすることもできなかった。

(余裕……ないよな)

ふっと息を吐《は》き、チェスターは自嘲した。

今夜はもう、汗に湿ったベッドに戻る気はしなかった。

頭の中には、あるひとつの考えが木の床についた血の染みのようにこびりついていて、拭《ぬぐ》っても拭っても決して消えることがなかった。

背もたれに体を預け、ブランデーの注がれたコップを手に、チェスターは暗い庭を見た。そこには一本の樹《き》があって、葉のすっかり落ちた枝は幾重《いくえ》にも夜空に向かい、その腕を伸ばしていた――なにかを摑《つか》もうとするように。


「う……ん……」

窓から射《さ》し込む光と冷たい空気に、クレス・アルベインは小さく呻《うめ》いて閉じた瞼《まぶた》の上に手をかざした。微《かす》かにいい匂《にお》いがする。焼きたてのパンと、コーンスープ、それに少し焦がしぎみのベーコンだ。

「……なんだよ、母さん……まだ早いだろ……」

「おはようございます、クレスさん」

笑いを含《ふく》んだ甘い声に、クレスはハッと目を開けると、巨大な枕《まくら》から慌《あわ》てて体を起こして、声の主《ぬし》を見た。何度かしばたたくと、朝の逆光に白い法服《ほうふく》姿の女性の姿がはっきりとして、彼は顔を赤くした。不覚だった――好きな女性を母親と間違えてしまうなんて！　それではまるで――

（マザコンじゃないか）

クレスは誤魔化《ごまか》すように、ぎこちなく微笑んだ。

すると女性は――ミント・アドネードは、優しげに微笑み返すと開けていた窓を閉じて、

「朝ごはんの用意、出来てますよ」

と言った。朝日を受けて、彼女の長いブロンドの髪は本物の黄金のように輝いている。ほとんど毎朝のことなのに、まったく飽きることなく見とれてしまう。

（ミント、なんだか急に綺麗《きれい》になったよな……）

近頃、クレスは特にそう思う。彼女はたった一つ年上なだけなのだが、自分がずいぶんと子供に思えてしかたがなかった。色々と世話を焼かれているせいもあるのかもしれないが、せめて彼女がやってくる前に起きておこうと思いつつ、いまだに実行できていない。

「毎朝毎朝じゃあ、そのうち、愛想《あいそ》つかされるぜ？」

とチェスターはいつも意地悪く言う。

先日も、

「なあ、チェスター。ミント、なんだか綺麗になったと思わないか？　二十歳《はたち》になったからなのかな？」

と相談したら、

「そりゃあ、おまえ、恋だよ恋。家《うち》のメグなんかしょっちゅう言ってるぜ？　女は恋をすると綺麗になる、ってな。外も磨《みが》くようになるが、何より内側からこう、輝くらしいぜ。……そういやあ近頃、教会に足繁《あししげ》く通っている若い商人がいたよな……ひょっとして……」

「は、はは……まさか……」

「お？　自信があるのか、クレス？　それにしちゃあ、手が震えてるぜ？」

そう言って、チェスターは笑うのだ。

クレスはだが、自分はどうなんだよ、とはいわない。チェスターが多分、好意を寄せているだろう相手の少女――といっていいのかどうか――アーチェ・クラインは、一年近く前にふらりと出かけて行ってそれきり連絡がない。

「クレスさん？」

呼ばれ、自分がボーっとミントを見つめていたことに気がついてクレスは、

「ご、ごめん、なんだっけ？」

「ふふ……朝ごはんの用意、出来てます。早く下りてきてくださいね」

「う、うん、わかった」

頷《うなず》くと、ミントは瞳を細めて微笑みを浮かべたまま部屋を出て行った。

ほう、と息をついて、クレスはベッドを抜け出した。ミントが起こしに来てくれるのは嬉《うれ》しいけれど、緊張するのも事実だった。部屋は臭《くさ》くないだろうか、とか気になってしまう。

着替え、全身が映る鏡を覗《のぞ》いた。これは部屋の中でも剣の型の練習が出来るように、と父のミゲール・アルベインが付けてくれたものだが、最近では寝起きの顔を覗く為《ため》のものになっていた。茶に近い金髪は、ひどい寝癖《ねぐせ》がついている。鏡の中で、明るいブラウンの瞳を細めてクレスは、

「不公平だよな」

と呟《つぶや》いた。ミントは、いつもいつもきちんとした法術士の格好でやってきて、乱れた様子を見せたことがない。それは、旅をしているときからそうだった。二人で同じ部屋に泊まったこともあったが、そのときもクレスは先に寝てしまい、目覚めた時には彼女はとっくに起きて朝の瞑想《めいそう》などしていたのだった。

寝癖を何とかかみられる程度に手で撫《な》で付けて整えると、クレスは部屋を出て階段を下り、家に併設《へいせつ》された道場の裏手の井戸で顔を洗い、口をすすいだ。水は、ずいぶんと冷たくなった。もうすぐ冬が来る。

裏口から食堂に戻ると、そこでは小さな四人掛けの家族用のテーブルに二人分の朝食が並んでいた。鼻が嗅《か》ぎ当てたとおり、テーブルの中央には焼きたてのパンが籠《かご》に入れられていて、並んだ皿にはベーコンエッグが載《の》って湯気を立てている。鼻歌を歌いながらミントは、箱型レンジの鉄板の上に載せられた鍋《なべ》から、コーンスープをよそっていた。

「それ、何の歌?」

「きゃ」

急に声をかけると、ミントは驚いた様子で、危《あや》うくカップを落としてしまうところだった。跳ねたスープが鉄板の上で焦げて香《こう》ばしい匂いを立てた。

「もう、クレスさん……驚かさないでください」

「ごめん」

といいつつクレスは、細い眉《まゆ》がハの字になったミントの表情に、つい顔がほころんでしまった。

「そんなにびっくりするなんて思わなかったからさ」

「もう、クレスさんたら」

「で、いまの何の歌？　綺麗な曲だね」

ミントは、カップをクレスの席に置くと、自分のそれを取り上げてよそい、同じ様に置いてから、

「……母に教わったんです。法術士の間に伝わる歌だって最初に教わりました」

「あ……ごめん……」

反射的に、クレスは謝っていた。

ミントもまた、黒騎士団によって肉親を――母親を殺されている。トーティス村が襲撃されたのと同じ日に、人郷《ひとざと》から離れた家を急襲されて親子で攫《さら》われ、黒騎士団の本部で彼女の母は

――メリル・アドネードは拷問《ごうもん》の末、殺されたのだ。

クレスは、それを見ている――胸に深々と剣を突き立てられ、絶命したメリルの姿を。叔父《おじ》に裏切られ、同じ地下牢《ろう》の一角に囚《とら》われた彼は、不思議な声に導かれて彼女の牢へと行き、その胸に突き立てられた剣を引き抜き、それを使ってミントを救い出し、脱出したのだ。

だから、ミントは母の最期を見ていない。

それればかりか、クレスは長い間そのことをミントに隠していた。だが、彼女は、旅の最後に立ち寄った雪の降りしきるアーリィの街で、そのことに気がついていたことをクレスに告白し、冷静に受け止められるまで隠していてくれたことを感謝したのだった。

クレスの気持ちは、それで僅《わず》かに救われた。

旅をしていたときから、クレス、チェスター、ミントの三人の間で、肉親の話が交わされることはめったになかった。それが、互いの辛《つら》い記憶を呼び覚ますことをわかっているからだ。

少しうつむくクレスにミントは、しかし微笑むと、静かに彼の椅子を引いた。

「さあ、朝ごはんにしましょう?」

「あんたたち！　もうちょっと行儀よく出来ないの⁉」

大きめのエプロンをつけ、手にしたフライパンをガンガン鳴らして、メグは同じ養い子たちに向かって怒鳴った。巨大な、十人は一度に食事がとれそうなテーブルには、焼きたてのロールパンとバター、ボウルにたっぷりと盛られたマッシュポテトがあって、食前のお祈りも済んでいないうちから、早くも争奪戦が始まっていた。

いつものことだが、リックスの暴れっぷりには頭に来る。何度、食べられないくらい盛るんじゃないといってもきかず、結果、量が足りなくなるのだ。男の子のリーダー的存在の彼がそういうことをするから、双子のエドとカートも真似《まね》をする。さすがに泣き虫エリオットはそれはしないが、食事中も帽子をかぶったままなのは何とかして欲しいと思う。

もっともそれは男の子に限ったことではなくて、エリーにしたところでミリカと名前を付けている人形をずっと膝《ひざ》の上に抱いたままだ。ジェニファーとアリスは大人《おとな》しいが、男の子たちに全部ポテトを取られてしまうとすぐに泣き出す——別にそんなに食べたいって訳でもないのに、だ。

チェスターがテーブルにいれば、リックスもずいぶんと大人しく、メグも楽なのだが、このところ彼は、時間通りに起きてくることなどなかった。

メグは、フライパンの底でリックスの頭を小突きながらため息をついた。

（前は、こんなことなかったのに……）

様子が変わったのは、いつものように、

「ちょっと出かけてくるぜ」

と、ふらりと一週間ほど留守にした後だった。どこに何をしに行っているのかは知らない。

訊《き》いても、仕事だよ、としか教えてはもらえなかった。

（メルとディオは知ってたみたいだけど……）

この春に、奇妙な丸い緑の毛皮の動物を連れて、ふらりと現れた双子の姉弟のことを、メグは思った。フレイランド大陸の南のドレフ島という所から、わざわざチェスターたちを訪ねてきた二人は、しばらくこの家に泊まっていた。十三歳と年齢が近いこともあって、メグは特にメルと仲良くなることが出来た。

二人は、身に着けた衣装《いしょう》によってその職業になりきることが出来るという、他の人にはない不思議な力を持っていて、それを使って色々な依頼を受ける『なりきり師』という仕事をしていると言っていた。

そう言われてもピンとはこないのだが、たとえば、ある芝居の公演で役者が急病などで倒れた時、その役者の衣装を着ることで完璧《かんぺき》に役を演じることが出来る、ということらしい。もっとも、容姿《ようし》までが変わるわけではないらしいので、おのずと限界はあるようだ。

（わたしにもおんなじ力があったら《鬼先生》とかになって、リックスを黙らせるのにな）

まだまだ腕力でも負けないが、いつまでかなうかはわからない。それまでに分別をつけてくれればいいのに、と母親のような気分になってしまうメグだった。

と、頭痛の種のそのリックスの背筋が、急にしゃんとなった。

「うー……頭痛《いて》え……」

振り返ると、そんな声と共に、着崩れた寝巻きのままのチェスターが食堂に現れた。ジェニファーとアリス、それにエリオットの顔が僅かに曇った。雑多な匂いの中にあっても、チェスターの体からははっきりとアルコールの臭いがした。

「兄さん！　早く顔を洗ってきて！」

フライパンを振り回してメグが怒鳴ると、チェスターは、頭に響くのか顔を顰《しか》めてすごすごと井戸の方へと向かった。

「まったく、もう……」

こっそりと手を伸ばして、パンをもうひとつ取ろうとしていたリックスの頭をフライパンでもう一度叩き、メグは深くため息をついた。

「はい、クレスさん」

ミントは、食後の紅茶をカップに注いで、それをクレスに差し出してにっこりと微笑んだ。

テーブルの上の食器はすっかり空になって、ベーコンから出た油もパンで拭《ぬぐ》って食べてしまって何もない。カップの中も同じだ。作り手としては、ここまで食べてもらえれば言うことはない。毎朝夕、こうして食事をつくりに来ている甲斐《かい》もあるというものだ。

ミントはクレスと一緒に住んでいるわけではなく、川を挟んだ隣の教会で暮らしている。そこで、村の人々の様々な相談に乗って日々を過ごしていた。もちろん、お金はもらっていない。基本的に、ミントの暮らしは寄付で成り立っている。

究極《きゆうきよく》の治療術（魂《たましい》がまだこの世に留《とど》まっていれば、死者をもよみがえらせることが出来る）である法術は、封印《ふういん》して久しかった。法術師は世に出てはならない、という古くからの掟《おきて》があるからだ。それは、一部の権力者に利用されるのを防ぐ為《ため》であり、自《みずか》らの身を守る為でもある。ゆえに母と共にミントは、人郷から離れた場所に住んでいたのだ。

この村の人々は、法術がどういうものかは知らない。彼らは、ミントは新しい宗教の司祭《しさい》だと考えている。もし知られたならば、大陸のあちこちから、それこそ引きも切らずに病人が押し寄せることになるだろう。

それは、ミントの望むところではない。

掟の厳格さは、身に染みてわかっている。かつて、父が病《やまい》で息を引き取った時、母はそれでも法術を使おうとはしなかった。そのことでミントは母をなじりもしたが、後でわかったのは、それほど自らに厳格でなければ神は——神獣ユニコーンは、力を貸してはくれないということだった。

神は、人が思うほど優しくはないのだ。

もしもそうでないのなら、母は死ななかったはずだ。どんな怪我《けが》も、病も、癒《いや》すことが出来たはずなのだから。

クレスからは、いまだに母の最期がどのようなものであったのか、聞いてはいない。わかっているのは、母が命を落としながらもクレスを助け、そのことでミントをも救ったということだった。それで十分――どのように殺されたかなど、知ったところで何の意味もない。黙っていてくれる彼の気遣いが嬉しかった。

（きっと、死ぬまで心にしまっておいてくれる――クレスさんは、そういう男性）

彼と目があって、ミントはやわらかく微笑んだ。この優しい人に余計な心配をかけたくはなかった。そうでなくても、村のまとめ役として気苦労が多いのだから。

クレスは、砂糖とミルクをたっぷりと入れた紅茶を一口飲んだ。そうして小さく息をついた。

ミントは少しだけ緊張した――淹《い》れ方がまずかったのかしら？

だが、紅茶は関係なかった。

「……ねえ、ミントは気付いてる？　チェスターのこと」

カップを両手で包むようにしてクレスはそう言って、ミントを見つめた。瞳には気遣わしげな色が浮かんでいる。

ミントは頷いた。

見ればわかったし、教会の方をいろいろと手伝ってくれているメグからも最近の様子は聞いていた。どうやら、夜眠れないらしく、こっそりと、本人は隠していると思っている、キャビネットの中のブランデーを飲んでいるというのだ。メグは、毎日減り具合を調べているのだが、ここのところずいぶんと多くなっていて、朝食の席に半分酔っ払ったような状態で現れることも時々あるという。

「なにかあったのかな……いつ頃からなんだろう」

「メグちゃんの話では、どうも《不思議の塔《とう》》から帰ってきた後みたいです」

「見回りの後か」

クレスは、首を捻《ひね》った。

《不思議の塔》とは、精霊が住んでいる《魔法素収束点《マナスポット》》と呼ばれる場所のひとつのことである。《魔法》の原動力となる《魔法素《マナ》》の大気中の濃度をコントロールする為、百年前に召喚《しょうかん》師《し》クラース・F・レスターが作ったこのシステムの維持《いじ》と、あとは《魔法素》を悪用するものがいないよう、クレスたちは交替で定期的に見回りを行っている。

《不思議の塔》には、マクスウェルという名の精霊が住んでいる。

マクスウェルは、四大精霊と呼ばれる、地・水・火・風の精霊を統括《とうかつ》する立場にある大精霊である。かつては、亜人《あじん》のドワーフ族が造ったといわれているモーリア坑道《こうどう》の奥に住んでいたが、クラースの要請《ようせい》を受けて塔へと引っ越したのだった。

以来、《魔法素》の監視と調整を他の精霊とともに担《にな》っている。

ときどき彼らのもとに出向いて話し相手などをするのも、クレスたちの役目だった。なにしろ精霊は気まぐれなのだ。いまは契約《けいやく》に縛《しば》られているわけではないから、機嫌を損《そこ》ねないようにしなくてはならなかった。

「マクスウェルを怒らせたのかな？」

クレスが言うと、今度はミントが首を捻った。

「でも、それで眠れなくなるほど悩むでしょうか？」

「……悩まないよね」

チェスターなら、勝手に怒らせとけ！　と言い捨てるだろう、というくらいはミントにもわかる。

「そういえば……メグちゃんがいってましたけど、チェスターさん、眠れないだけでなく、なんだかうなされているみたいですよ」

「悪夢？」

「さあ、それは……メグちゃんは何の夢だか知っているみたいでしたけど、訊いても教えてくれませんでしたし」

「口止めされてるのかな？　でも、どっちにしても子供たちが暮らす環境としてはいいとはいえないね。いまはまだ大丈夫だけど、もし、ユークリッドの役所に知られたら、子供たちを取り上げられるかもしれない――最近、孤児の養育環境についてたくさん問題が起きていて、いろいろと取りざたされているみたいだから」

ミントは眉を曇らせた。

「そんな……」

「一緒に暮らしていない僕らが気付いているくらいだから、村の人々がおかしく思うのはきっとすぐだ。そうなる前に話を聞いたほうがいいな。……ただでさえ、チェスターたちは連中に煙たがられているんだから」

クレスの声には、いらだたしさが見え隠れしていた。

村の人々は、チェスターが孤児を集めて育てていることにいい顔をしていない。素性の知れない輩《やから》と自分の子供を一緒に育てたくない、というのがその理由だ。そうした愚痴《ぐち》を、ミントは毎日のように聞かされている。

クレスは、一応村の顔役ということもあり、彼のところにも、何とかしてくれという要望が寄せられるのだが、クレスはこれを一蹴《いっしゅう》している。そして温厚な彼には珍しく、どこか刺のある口調《くちょう》で、

「どうしてもいやだというのなら、無理に引き止めはしません。どうぞ村を出て行ってもらって構いませんよ」

と言うのだった。

チェスターに言わせるともっと過激になり、

「素性が知れねえのは、てめえらも一緒だろうが」

だった。

元々のトーティス村の住人は、いまやクレスとチェスターしかいないという事実から出た言葉だが、それを聞いたとき、ミントは胸を抉《えぐ》られる思いだった。自分のことを言ったのではないとわかってはいるが、自分もまた余所者《よそもの》であるのは確かだったからだ。

もちろんクレスやチェスターが、ミントをそういう風に扱うことはない。時に、二人の会話に入れないとき一抹《いちまつ》の寂《さび》しさを感じずにはいられなかったが、表に出すことは決してしなかった。そうするには、ミントはあまりに自分を律《りっ》して生きてきてしまった。

そんな時、ミントはただ微笑む――いまのように。

「賛成してくれるんだね？　ミント、今日の予定は？　時間があるようだったら一緒にチェスターのところに行ってくれないかな？　あいつ、僕だけだと意固地になって素直に話さないかもしれないからさ」

「クレスさんも、チェスターさんには遠慮がなくなりますものね」

「うん……付き合いが長いっていうのも、良《よ》し悪《あ》しだよな」

おふたりが羨《うらや》ましいです、という言葉はミントは飲み込んだ。代わりに、

「……じゃあ、一緒に行きましょう。メグちゃんに頼んで皆を教会に連れて行ってもらいますね？　そのほうが、チェスターさんも話しやすいと思いますから」

「うん、そうだね。――やっぱりミントは気が利《き》くなあ」

微笑むクレスに、ミントは同じ微笑みで返した。

チェスターは、明らかに不機嫌な様子だった。

足は床に投げ出し、腕を組んでそっぽを向いて、クレスたちの方を見ようともしない。光の加減か、ずいぶんと顔色が悪かった。昨日に比べて、一晩で少し痩《や》せたようにも見える。つま先が、いらいらと床を叩《たた》いている。

予定通り、メグには子供たちを連れて教会に行ってもらった。いまこの家には、かつて共に《魔人ダオス》と戦った仲間しかいない。

未来においては《妖精弓の射手《ようせいきゅうのしゃしゅ》》と呼ばれたほどの腕前を持つ親友のあからさまにふてくされた態度に、クレスはため息をついた。

「チェスター……いいかげん、酒を飲むのはやめたほうがいいよ」

「チッ……ガキどもがちくったのか」

「誰にも聞かなくたってわかるよ、すごい臭《にお》いじゃないか。——チェスターもユークリッドの動きは知ってるんだろう？　目をつけられてもいいのか？」

「は！　トーティスはトーティス、ユークリッドはユークリッドだ！」

「そんなことは言ってられないよ。この村は、ユークリッド王国の一部なんだから。この村ひとつじゃやっていけないことくらいわかってるだろ？　食料の買い付けも出来なくなるんだぞ？　法は守らないと駄目《だめ》だ。……それとも、連中と戦うつもりか？」

チェスターは、皮肉めいた微笑《ほほえ》みを浮かべた。

「それもいいかもな」

「チェスター……ふざけてる場合じゃないんだ。連中は本当に来るぞ？」

「いいじゃねえか。いまの俺たちなら、ユークリッド騎士団だろうがなんだろうが軽く蹴散《けち》らせるぜ？……以前のようにはいかねえ」

「何、言ってるんだよ？」

チェスターはテーブルに身を乗り出すようにすると、クレスに向かって真顔になった。

「……いまの俺たちなら、《黒騎士》なんかにゃ負けないってことさ」

じくり、と癒《い》えたと思っていた胸が痛んで、クレスは唾《つば》を飲み込んだ。確かにチェスターの言うとおりだ。あの時にいまの力があればどんなに良かっただろう……しかしそれは、考えても仕方がないことだ。

「そんなこと……いまさら、むなしいだけじゃないか……」

呟《つぶや》くように言ったクレスに、チェスターは椅子《いす》の背もたれに寄りかかって鼻を鳴らした。いつも、どこか斜《しゃ》に構えたようなチェスターだったが、今日はあまりにらしくなかった。

「——夢を、見んだよ」

やがて、天井を見上げながら、彼はポツリと呟いた。

「夢？」

「ああ。あいつが……アミィが……《黒騎士》どもに殺される夢だ」

クレスは、はっと息を呑《の》んだ。顔色が変わった親友を見てチェスターは、自嘲気味に微笑んだ。

「……そういうことだ。ここのところ、毎晩さ。酒の力を借りて夢も見ねえくらい酔わねえと、どうしようもねえ。それでも、飲むなっていうのか？」

クレスは、黙るしかなかった。

チェスターが、いかにアミィを大事に想《おも》っていたかは、他の誰よりもクレスはよく知っていた。彼にとってアミィは、何よりかけがえのない存在だった。それを繰り返し失う夢を見る辛《つら》さは、クレスにも想像できた。彼とて、大事な人たちを無くしているのだから。だが——

「だからって、メグたちに心配をかけていいってことにはならないだろ？」

クレスは言った。

「あの子達を放り出すっていうのか？」

「相変わらず、良い子ちゃんな発言だな？」

くっ、とチェスターは喉《のど》の奥で笑った。クレスは気色《けしき》ばんだが、チェスターは意に介さない様子で彼を睨《にら》みつけた。

「……おまえ、本当に満足してるのか？」

「何のことだよ」

「いまの生活のことに決まってんだろ？　確かに村は再建できたさ。昔みたいな活気も戻った。懐《なつ》かしいよな？　本当に、あの頃みたいだ。まったく、よくやったぜ！」

チェスターは、テーブルをドンと叩いた。その態度に、ミントは体を固くし、クレスは眉を顰《ひそ》めた。

「だがよ！　お前の望みは、本当にそんなことだったのか？　あの頃によく似た、よく出来た偽物《にせもの》を作ることが、おまえの望みだったのか？　本当は、本当の望みは何だ？　言えよ。無理だとか、不可能だとか、そんなことは置いといて、望むのは何だ？　おまえが本当に望んだことはなんだよ？」

「本当に……本当に何を言ってるんだよ、チェスター」

「ごまかすな！」

先程よりもよほど強く、チェスターはテーブルを叩いた。切れ長の瞳《ひとみ》は凶悪《きょうあく》につりあがり、怒りの為か、こめかみが小刻みに震えていた。

「……言えよ」

「一体、なにを言わせたいんだ？　僕にはわからない」

クレスは首を振った。それを見てチェスターは、小さく舌打ちをした。

「そうかよ」

彼はそれきりまた黙り、天井を見上げたまま口を閉ざしてしまった。ミントは、胸の前で手を組んだまま事の成り行きを見守っている。

（なんだっていうんだ……ひょっとして酔ってるのか？）

しかし、チェスターは酒を飲んでも乱れるということがない男だった。うわばみだが前後不覚となるアーチェとは大違いで、限界を超えると無言で倒れて眠り込むのが常だ。

クレスは、チェスターが見ている天井を同じ様に見上げたが、そこには何もなかった。真上は、かつてチェスターとアミィが使っていた部屋だが、改装されて今は物置になっている。そのときに、床も天井も取り替えている。それは、どちらにもアミィの血が染みこんでいたからだ。外した板はチェスターがどうにかしたらしいが、詳《くわ》しくは知らなかったし訊くこともしなかった。

（本当の望みだって？）

壊滅《かいめつ》したトーティス村を復興させることがいまのクレスの目標であり、望みだ。それはほぼかなったとはいえ、まだまだやるべきことは多い。アルベイン流剣術道場の本格的な再開はまだだったし、知名度をもっと上げる必要もある。いまは暫定《ざんてい》で自分が村をまとめているが、年齢という点で不満をもっている人も多い。いずれ、しかるべき人物を村長として立てる必要があるだろうが、トーティス村はトーティス村だ。それだけは守るつもりでいる。

（よく出来た偽物、か……）

確かに、その通りだった。いくらかつての活気を取り戻したとしても、それは以前と同じではない。しかしそれは仕方のないことだ。考えたところで、時間は戻りは――

クレスは、ハッとしてチェスターを見た。いつのまにか彼は、顔を天井に向けたまま横目でクレスのことを見ていた。

（まさか……）

チェスターは視線をクレスに据《す》えたまま、ゆっくりと顔を起こした。

「やっと、気がついたかよ」

「そんな……それこそ、言ったところでしょうがないことじゃないか!!」

「あの、クレスさん、いったい……」

おずおずと聞いたミントの声は、しかし、クレスの耳には届いていなかった。

「歴史を変えるということがどんなに危険かは、散々話し合っただろ!?　僕らが過去に行ったことでエドワード・D・モリスンさんが死んで、ヴァルハラ戦役《せんえき》の勝敗の行方《ゆくえ》がわからなくなったんだぞ！　本当は、あの人が百年前にダオスを倒すはずだったんだ！　でも、僕らがそれを変えてしまった。僕らがその代わりを務められたから良かったけど、下手《へた》をしたらその時点で、世界はダオスに滅ぼされていたかもしれないんだ！　クラースさんに頼んで、エターナルソードを封印してもらったのは何のためだよ!?　歴史を自由に変える誘惑にとらわれた人間に、剣を利用されないためだったじゃないか！　それを、いまさらなんで――」

「クレスさん！」

思わずテーブルに身を乗り出していたクレスは、ミントの声に我に返った。

「あ、ごめん……」

「いったい、なんの話なんですか？　本当の望みって、なんなんですか？」

クレスは小さく唸《うな》った。

「……チェスターが言っているのは、村の襲撃をなかったことにするって話なんだ。村が《黒騎士団》に襲われる寸前に、エターナルソードを使って時空を渡り騎士連中を倒せば、ダオスが復活することもなく、結果全《すべ》てが丸く収まるんじゃないか、って話しあったことがあるんだ」

「魅力的な提案だったよな？」

「ああ、そうさ！　それは認めるよ。でも、すでに起こってしまったことを書き換《か》えれば、どんな大きな影響が出るかわからない。エドワードさんが死んだ時、もし、子供が生まれていなかったら、僕らは孫のトリニクスさんをこの世の中から消してしまうところだったんだ！　そうしたら、そもそも僕らの時代でダオスは封印することが出来なかった！　そうなっていたら、僕ら自身の存在も危《あや》うかったんだ！　そのことは良く話し合って、チェスターも納得したはずだろう!?」

「そうさ！　あの時は、歴史はただの一本きりしかないって思っていたからな！」

「なんだよ、それ。歴史は、一本の道に決まって――」

「俺もそう思っていたぜ。マクスウェルのじいさんに、話を聞くまではな」

「マクスウェルだって？」

そういえば、チェスターの様子がおかしくなったのは《不思議の塔》から戻ってきた後だった、とミントが言っていたのをクレスは思い出した。

「彼が、何を言ったっていうんだ？」

チェスターは小さく息をつくと、疲れたように椅子に浅く座りなおし、腹の上で手を組んでクレスを見た。

「……メルとディオ、憶《おぼ》えてるだろ？」

「ああ」

「あいつらは、マクスウェルのじいさんに『時空の在《あ》り方』についての講義を受けていた。俺も、それを聞いたのさ。じいさんに言わせると、歴史ってのは枝を広げた樹のようなもので、過去を変えた場合歴史が書き換わるわけではなく、その結果としての新しい歴史が生まれるんだとよ。わかるか？　例えば、俺が過去に遡《さかのぼ》って、若い頃の俺の親父《おやじ》を殺そうと考えるとするよな？　俺が未来に存在する以上、この企《くわだ》ては成功するはずがない。もし殺せるなら、そもそも俺が存在しないんだから、親父を殺そうと考える奴《やつ》がいない、ってことだからな。だが、実際は殺せるんだとよ。ただし、そのあとで元の時間に戻っても親父は死んじゃいねえ。ぴんぴんしてる。なら、俺が確かに殺した俺の親父はどうなったのか――マクスウェルのじいさんに言わせれば、その瞬間に親父が殺された歴史軸《じく》、ってのが生まれるんだとさ。その歴史軸じゃあ、俺は存在しないってわけだ。ある意味、歴史を変えることは出来ないってこったよな」

「ち、ちょっと待てよ！　それはおかしいよ。だって現に僕は歴史を変えたじゃないか。枯れていたユグドラシルを復活させて、この時代でも魔法を使えるように――」

「そこだ」

チェスターは、クレスに指を突きつけた。

「前にも言ったよな？　そもそもユグドラシルが枯れたことなんてないってよ。魔法はずっとあったし、ルーングロムのおっさんはずっと宮廷《きゅうてい》魔術師をやっていた。こいつはどういうことだ？　俺の記憶では、おまえたちが過去に行ったのは伝説の魔法『インデグニション』を探す為《ため》だ。この違いはなんだ？　おまえは前、歴史が変わった時点で時間を飛び越えなかった連中の記憶が書きかわったんじゃないか、って言ったよな？　俺もそうだと思った。だが、違うんだとよ。――教えてやろうか？　要するに、クレス……おまえたちは、この歴史軸の人間じゃないんだ。おまえたちはユグドラシルが枯れた歴史軸から過去に転移して、そこで歴史を変え、その後で、何らかの理由で、自分の本来の時間軸に戻れなくなっちまった人間なんだ――マクスウェルのじいさんはそう言ってたぜ」

「僕らが……この世界の人間じゃない……？」

「ああ。じいさんの説によれば、な。だが、そんなことは些細《ささい》なことだ。どうせ違いなんてユグドラシルが枯れたことがあるのかどうか、魔法があるのかどうかって程度だからな。俺たちが共有している、この村の記憶なんかはまったく同じだ。どの歴史軸だろうが、おまえがクレスだってことは間違いないんだからな」

「ち、ちょっと待ってくれ……」

クレスは頭がくらくらして、チェスターの話を制した。

「つまり、少しずつ違う僕が、この世にはたくさんいるってことなのか？」

「そういうことだな」

「まさか……」

クレスは笑おうとしたが、なぜか声は喉に引っかかったようになって出てこなかった。その代わりのように、チェスターが喉の奥で笑った。

「歴史っていうのはそういうものなんだとよ。メルとディオは、俺たちが混乱すると思って……いや、違うな。あいつらは、俺がこれを知ればどういう行動に出るかわかっていた。だから教えなかったんだ」

「あの……どういうことなんですか……？」

「つまりだ、ミント。俺は、アミィを救う道を見つけたのさ。過去に戻り、あいつを救う。昔の俺が出来なかったことを、代わりにやるんだ。俺たちは、今のこの歴史が変わることを恐れてそれをしなかった――いや、我慢《がまん》した。だがよ、そんな必要はなかったんだ。過去を変えても、歴史は変わらない。ただ、アミィが生きている歴史の枝が生まれるだけのことだ。どうだ？　クレス？　ミント？　そうとわかって、まだ我慢できるのか？　失われた可能性を――おじさんやおばさん、それにミント、おまえの母さんが生きている時間を作ることが出来るんだぜ？」

「で、でも、どうやって過去に戻るんだよ！　《時空の剣》は――エターナルソードはクラースさんが封印して――」

「《トール》があるじゃねえか」

クレスはぐっと息を呑んだ。《トール》とは、クレスとミントが過去から現代に戻る時に使った超古代文明の遺産を擁《よう》した都市である。ベネツィア大陸の北東にあるこの人工島は、法術と魔術を融合《ゆうごう》した《時空転移》を機械的に可能にした装置があるのだ。いまその島はエルフたちの管理下にあって、何人《なんぴと》も立ち入ることは出来ない。

「あれを使って、あの日に戻ればいい。エルフどもが邪魔《じゃま》をするってんなら、容赦《ようしゃ》はしねえ。俺はやるぜ」

「……なら、どうしてそんなに悩んでいるのですか？」

胸の前で手を組み、ミントがそう訊いた。図星だったのか、チェスターは一瞬怯《ひる》み、しかしすぐにいつもの様子に戻って皮肉めいた笑みを浮かべた。

「悩んでなんかいねえよ」

「嘘《うそ》です。だったらどうして、さっさと出かけないんですか？　いまのチェスターさんの力量なら、エルフだって敵じゃないはずです。ましてや、ただの人間の騎士なんか何人いたところでチェスターさんの弓技《きゆうぎ》の奥義《おうぎ》──《震天《しんてん》》の一撃で倒せるはず。チェスターさんが、マクスウェルのおじいさんからお話を聞いたのは、一週間以上も前でしょう？　何も悩んでいないなら、どうしてすぐに出発──いいえ、私たちにその話を持ち掛けなかったのですか？」

「…………」

「チェスターさん！」

ミントの強い声に、チェスターは観念したかのようにうなだれた。そして、吐き捨てるように言った。

「……軸移動だ」

「わたしたちが元の時間軸に戻れなかった、というお話ですね？」

「ああ。過去に戻ってアミィを救うってことは、大きく歴史を変えることになる。もしかしたら、この時間軸には戻ってこれないかも知れねえ」

「メグちゃんたちのことが心配なんですね」

チェスターは、小さく頷《うなず》いた。ようやく虚勢《きよせい》が剝《は》がれて、本当の彼が現れた、とクレスにはわかった。チェスターはひどくわかりづらいのだが、本当はとても優しい性格なのだ。

「自己満足だって事はわかってるんだ……だけどよ……アミィが……あいつが生きていける歴

史をこの手で作れるんだってわかって、それで、どうやって我慢すればいいんだよ？　毎晩、あいつが殺される夢を見るんだ。アミィの心の声が聞こえることもある。あいつは……あいつはよ、クレス……最期まで、俺たちのことを心配してるんだぜ？　雨が降ってきて寒いから風邪《かぜ》を引かないといいな、ってよ。――わかってる。ただの夢だよな？　あいつが最期に何を考えていたかなんて、本当はわかっちゃいねえ。けどよ、らしいだろ？　あいつらしいよな？」

額《ひたい》に手を当て、チェスターは肌に爪《つめ》を立てた。

「だが、メグたちを捨てるわけにもいかねえ。親に捨てられたあいつらに、もう一度同じ思いをさせるわけにはいかねえ事もわかってる。わかってるんだ……でもよ……ちくしょう……」

ミントが彼の傍《そば》によって、顔から手を剝がした。そうして、ポケットからハンカチを出すと額にそっと押し当てた。傷付いた肌から滲《にじ》んだ血がゆっくりと吸い取られて、布に広がった。

「チェスターさん……」

こっちが、チェスターの本心に違いなかった。

先程見せた、何もかも捨ててすぐにでも出発するといった言葉は、体に染み付いたいつもの、素直に本当のことが言えない悪い癖《くせ》だったのだろう。

だが、チェスターの気持ちは理解できた。

この手で歴史を変えることが出来るのに、もっとも大切な人たちを救えないという矛盾《むじゅん》は、口には出さなかったが、旅の間中ずっと抱いていたことだった。クレスは、過去において未来が不確定になる恐怖を知り、それを理由にして、その矛盾を、希望を抑《おさ》えつけ、チェスターにも同じことを強《し》いたのだ。

しかし、そもそも、その考え方自体が間違っていたというのなら、枷《かせ》は消えたことになる。だが、すでに自分たちは新しい生活を始めてしまっている。

いまの村に対する責任もある。それを安易に放り出すわけには行かない。チェスターにしてもそうだ。彼が悩むのは当然だった。

クレスとて、両親を、アミィを、ミントの母を、救えるものなら救いたい。チェスターの言いたかったことはよくわかった。

（ああ、そうか……僕は本当は、皆が生きている、あの頃のままの村を取り戻したかったんだ。それが無理だってわかっているから、妥協《だきょう》したんだ……そうなんだ）

虚勢を剝がされて、裸の心と向き合うのは――痛い。

（それが……僕の、本当の望みだったんだ……）

クレスは、親友の瞳を真《ま》っ直《す》ぐに見て、苦く微笑んだ。

「今夜から、僕も夢を見そうだよ……チェスター」

クレスとミントの前で、ティーカップの中の紅茶はゆっくりと冷めていった。

チェスターにとにかく一人で行動をしない、と約束させた後、二人はクレスの家に戻ったのだが、それきりほとんど会話もなく昼食もとらずに、こうしてただ冷めていく紅茶を見つめるばかりだった。

やがて先に口を開いたのは、ミントの方だった。

クレスは顔を上げて彼女を見た。ミントはいつものように微笑もうとして、しかし、どこかぎこちなかった。

「わたしたち……本当に、この世界の人間じゃないんでしょうか？」

「どうかな……わからないよ。でも、確かにチェスターの——マクスウェルの説明は、納得できる。それでも矛盾がないわけじゃないけど、そっちのほうがまだ少ない」

「それじゃあ、わたしたちの元いた歴史では、世界はどうなったんでしょう？」

「……多分、ダオスに滅ぼされたんじゃないかな。だってユグドラシルは枯れたままで、魔術は復活しないんだから——そういう歴史もあるってことだよ」

ミントは、僅かに目を伏せて息を吐《つ》いた。

「でも、僕らのしたことは無駄じゃない。僕らはきっと、それまでなかった新しい歴史の軸を作ったんだ。ダオスが倒れ、みんなが救われるっていう歴史を。そして……僕らはいま、その時間の上に、ここに生きている。そうだよね？」

小さくミントは頷いた。

「チェスターが悩むのも当然だ。もし歴史がマクスウェルの言う通りなんだとしたら、僕らは本当に救いたかった人を救えるチャンスを得たことになる」

「お母さんが生きている歴史を作れる……」

「そうだよ。その歴史の中では、僕らは出会わないかもしれない。クラースさんやアーチェとは、絶対に会わないだろう。でも、チェスターはアミィを失わない。僕やミントも、父さんや母さんと暮らしていける。ここへ帰ってきても、父さんたちが生き返ってるわけじゃない。僕らがいる歴史は変わらない。でも、父さんたちが生きている世界があるんだって思えるだけで、僕は……すごく救われる気持ちになる」

ミントは目を閉じると、僅《わず》かに天を仰《あお》ぐようにした。祈るようなその顔を、クレスはただ見ていた。やがて、つ、と閉じた瞼《まぶた》の端から、涙が一筋流れて落ちた。

「わたしも……そう考えただけで、胸が温かくなります。一緒でなくてもいい……お母さんが生きている時間があるって思えるだけで、きっと……救われる」

クレスは頷いた。

「ただ、僕たちは、いまこの世界に対して責任がある。それを捨ててまで、わがままを通すわけにはいかないとも思っている。それは、わかるよね？」

「はい」

「だから……僕は、禁を犯そうと思う。ある種の賭《か》けだ。これに勝てば、僕はチェスターの案に乗る。負けたら、諦《あきら》める。チェスターはそれでも行くかもしれないけど、僕はこの世界を動かない」

「賭けって……何をするんですか？」

クレスは黙って立ち上がると、すぐ傍の棚《たな》の奥から一通の手紙を取り出して、それを持ってテーブルに戻った。ピンク色をした封筒で、表には『クレス・アルベイン様』とあるが、裏には署名はない。ミントは、クレスが差し出したそれを受け取ると、すでに開いてあった封の中から一枚の便箋《びんせん》を引っ張り出して開いた。彼女の目は驚いたように丸くなり、それからクレスを向いた。

「クレスさん、これ……」

「うん。アーチェからの手紙だよ。明日か明後日《あさって》には帰ってくるらしい」

「チェスターさんはこのことは……」

「黙ってろ、って書いてあるからさ。言ってなかったけど、事情が変わったからね。教えるつもりさ」

「でも、これと、その……賭けと、何か関係があるんですか？」

「うん。アーチェがいないと、この賭けは成立しないんだ」

ミントは首を捻《ひね》った。

クレスは、それについてはあとで、と言った。あとで、もう一度チェスターのところに行ってアーチェが帰ってくることを話す時に教えるよ、と。

2　賭け

「ひっさしぶりだなあ、この匂《にお》い。いわゆる田舎《いなか》の匂いってやつ？　なんつーか、いらつくんだけど不思議と落ち着いちゃったりもするんだよねー。んーっ、空気がうまいっ」

　トーティス村に住んでいる人たちが聞いたら気を悪くしそうなことを大声で言って、自転車のサドルのような座席がついた箒《ほうき》に跨《また》がったアーチェ・クラインは、空を飛びながらすっかり変わった眼下の様子を眺《なが》めまわした。

《魔法素収束点《マナスポット》》の管理をクレスたちに押し付けて旅に出た時は、トーティス村はまだ廃村《はいそん》も同じで新しい住民の移住も始まってはいなかったが、留守にしていた僅《わず》かの間にすっかり様変わりして、過去の傷跡などもうどこにも見つけられなかった。南に広がる森と、その中にあってひときわ巨大な樹《き》――ユグドラシルだけは相変わらずだったが、他は何もかも違っている。

　アーチェは、後ろで結んだ長いピンクの髪をなびかせながら、音もなく村の広場を目指して魔法の箒を――《スターブルーム》を降下させた。

「ひゃっほーっ！」

箒がたわんで悲鳴を上げるくらい無茶な降り方をするのが、スリルがあってアーチェは好きだ。たちまち地面が近づいてきて、何事かと上空を見上げた人たちの目が見る間に丸く見開かれた、かと思うと我先にと逃げ出した。

「うしゃしゃしゃしゃ」

慌《あわ》てたせいで転んだ男の上を目掛《めが》けて落ちていく。男は振り返ると、声も出ない様子でただ空を見上げている。空から人間が降ってくるなんていう経験は、めったに出来るもんじゃない。男は諦《あきら》め、強く目を閉じた。

アーチェはそれをどこか冷めた目で見ながら、きゅっ、と激突寸前に箒をほんの僅かに引き上げ停止させた。もちろん男には掠《かす》りもしない。彼女は箒の柄《え》に寝そべるようにすると、男の顔を観察した。きつくとじられた瞼《まぶた》が、痙攣《けいれん》するように震えているのが面白い。

「………………」

やがて、男はおそるおそる目を開けた。

最初に飛び込んできたのが、十五、六歳に見えるピンク髪の少女の姿だったのだから、驚いて当然だった。口がパクパクと動いて、だが、声にはならなかった。アーチェはにんまりすると、肘《ひじ》の上まである手袋をした腕をのばして、中指で男のおでこを、ぴん、と弾《はじ》いた。そんなに強くやったわけでもないのに、男は大袈裟《おおげさ》に首を竦《すく》めた。

「ちょっと聞きたいんだけどさ」

「は、はい……」

「チェスターのバカって、まだこの村にいる？」

「チェスター……？　あ、ああ、バ、バークライトなら、川向こうの家に住んでるよ」

「ふうん」

アーチェは体を起こすと、よっ、と声を出して箒を降りた。《スターブルーム》は自動的に起き上がり、彼女の手に収まる。

「そっか。まだいるのか」

にんまりと笑って、アーチェは座席に括《くく》りつけていた袋を外すと、箒をくるりと回した。すると、箒はたちまち小さくなって、ペンダントヘッドくらいの大きさに変わる。裾《すそ》がゆったりと膨《ふく》らんだ赤いズボンのポケットにそれを入れて、アーチェは袋を肩に載《の》せるようにした。

「あ、あんた……魔女か？」

尻餅《しりもち》をついたままで男が言い、アーチェは赤い色をした瞳《ひとみ》で、彼を見おろした。

「ん？　そうよ。他に箒で空を飛ぶやつなんかいないっしょ？……そういうあんたは、この村の人間？」

「そ、そうだ。あんた、バ、バークライトの知り合いなのか？」

「ま、ちょっち、ね。ん？——」

すると、遠巻きにしていた連中の間から奇妙なざわめきが起こった。——エルフ？——魔女だなんて、騒ぎを起こさないといいけど――また厄介《やっかい》ごとを――バークライトはいいかげん――そんな声が、アーチェの良く聞こえるとがった耳に飛び込んできた。

(なによなによあのバカ、なんかずいぶん煙たがられてるじゃん？　またなんかやらかしたんか？……ったく、ただでさえ誤解されやすい性格してんだから、気をつけなきゃダメじゃん！)

アーチェは、あたりをぐるりと見回すと、ふん、と鼻を鳴らした。

どれもこれも馴染《なじ》みの深い目だった。警戒、嫌悪《けんお》、用心……どこに行っても、ハーフエルフに対しては同じだ。何百年経《た》ったところで変わることがない。もっとも、いまのこれは少し意味合いが違うようだが。

(ま、いちいち気にしちゃいられないけどね)

アーチェは、チェスターの家に向かって歩き出した。彼女が近づくと人垣は自然に割れた。多くの視線が背中にちくちくと刺さる。振り向いて攻撃魔法のひとつでもぶちかましてやろうかと考えたが止《や》めた。なんだか知らないが、あまり立場の良くないらしいチェスターの評判をさらに落とすこともない。

(あたしも大人になったよねー、昔だったら即行《そっこう》《ビッグバン》だわ)

橋を渡り、アーチェはしみじみそんなことを考えた。

川向こうには家が二軒あったが、どっちがチェスターの家かは知っている。

アーチェは、彼の家の扉の前に立つと咳払《せきばら》いをして、それから急いで服を点検した。

ズボンはOK。シャツも洗ったばっかで汚れてなんかない。三角形をした衿飾《えりかざ》りにも、ひとつひとつアイロンかけて、皺《しわ》ひとつなく仕上げてある。カラフルなモザイクのスカーフも、ばっちりだ。

最後に、ポニーテールに結んだ髪を整えた。

（な、なんか……妙にドキドキしちゃうな）

ドラゴンを目の前にしてもへっちゃらな心臓が、壊れそうなくらいドコドコいっている。つい、このまま回れ右をして、また旅に出たくなってしまうのを何とか我慢《がまん》した。

イブニング・グラブをした手で、そっと胸を押さえる。

（ほんと、あたしらしくないよなあ、こんなの。クラースに知られたら、大笑いされるよ。一緒に旅をしてた時はなんでもなかったのに、何でいまさらこうなんだか……あ、い、いかん……）

ぐぐっと、緊張が込み上げてきて、アーチェは慌てて深呼吸をした。

考えないようにすればするほど、チェスターと久々に再会した日のことが思い出されて、頬《ほお》が熱くなってしまう。

悔《くや》しいが、認めたくはないが、アーチェは自分がチェスターに恋をしていることを――それも、ものすごくどうしようもないくらい好きだということを、再会までの百年でさんざん思い知らされてきた。弓を見れば思い出し、タマネギを見れば思い出し、青味がかった銀髪《ぎんぱつ》を見ればつい目線で追ってしまう。

そして、待って待って待って……ようやく再会した途端アーチェは、チェスターのあまりに普通な態度に悔しさも覚え、それにも増してあまりにも嬉《うれ》しくて、それがまたどう考えてもバレバレなのが恥ずかしくて、つい、逃げ出してしまったのだった。

『あーっもう、待ちくたびれたわよっ！　あたし、遊び倒してくるから、あとよろしくねっ』

などと、強がりを言って。

考えてみれば、チェスターが自分と会わなかったのは、おそらく数日に過ぎなかったはずだから、あの態度は当然といえば当然だったのだが、理屈ではなく不公平だと思った。こっちは百年も待ったのだ。だから、

（ちょっとは、あたしの気持ちを思いしれっ！）

と、一年もほったらかしにしてやったのだが、結局、自分の方が我慢できなくなって、こうして戻ってきてしまった。クレスにはときどき手紙を書いて送っていたが、こっちは居場所を転々としていたから当然返事はなかった。

正直、チェスターが自分の態度をどう思っているのか知るのが怖い、というのもあった。まったく信じられない……これが恋なら前のあれはなんだったんだ、と思う。あの時は、楽しかったけれど、それだけだった。苦しいことなど一度もなかった。だから突然、相手がいな

くなったときも『そっか』程度で終わりだった。

けれどチェスターは違う。いなくなるなんて考えられない。考えたくもない。

我慢できなくなったのは、人間の一年がどんなに貴重かを、旅で出会ったエルフと人間の夫婦を見て、思い出したせいもあった。

エルフと人間との混血であるハーフエルフの寿命《じゅみょう》は永遠に等しい。比べて、人間の寿命はせいぜい七十年くらいだ。相対的に見た場合、一緒にいられる時間はとても短い――それに気がついたとき、アーチェは矢も盾《たて》もたまらなくなったのだった。

息を吸って、吐いて、また吸って……アーチェはくちびるをきつく結んで、握った拳《こぶし》で強く扉を叩《たた》いた。

「はーい」

可愛《かわい》らしい声がして、アーチェはどきりとした。ミントの声ではない。

(ここ、チェスターの家だよねっ？)

何かで確かめる間もなく、扉が開いた。

現れたのは、十歳くらいの少女だった。遠慮《えんりょ》のない様子でアーチェの頭のてっぺんから爪先《つまさき》までをじろじろと見ると、眉《まゆ》を顰《ひそ》め、そのまま扉を閉めようとした。

「ち、ちょっと待ったあっ！」

がしっと取っ手を掴《つか》む。

「ね、ねえ……ここって、チェスターの家、だよね?」

「そうですけど……?」

「じ、じゃあ、あんた、誰?」

アーチェの言葉に、少女の顔がたちまち険《けわ》しくなった。

「あなたこそ誰? そんな変な格好して、家《うち》はおかしな勧誘はお断りよ」

そう言って、また少女は扉を閉めようとした。

「ち、ちょっと待って! 違うってば。あたし、チェスターに会いに来たの! あたし、アーチェ。アーチェ・クライン。……聞いてない?」

「あなたが……?」

「そう。チェスターがぞっこんな、可愛い魔女っ娘《こ》のアーチェさん♥」

茶目っ気たっぷりにアーチェが言うと、少女は小馬鹿にしたように、ふっと笑った。

「そんなはずないわ。あのアーチェさんが、あなたみたいにこんな子供っぽい、ちんちくりんな女のはずないもの。ふざけるのはやめて」

ばたん、と目の前で扉が閉まり、アーチェはしばし呆然《ぼうぜん》としていたが、

「だーっ!!」

突如《とつじょ》、大声を出すと、激しく地団太《じだんだ》を踏んだ。

「わはははははは！――ってえっ！」

　腹を抱えて笑うチェスターに向かって、アーチェは傍《そば》にあった金属製の皿を引っ掴んで投げた。皿は円盤《えんばん》投げのディスクのように回転して、見事にチェスターの顔にめり込み、それからテーブルの上に音を立てて落ちた。

「な、なにしやがるっ、このバカ魔女っ！」

「うっさいっ！　笑いすぎだっつーのっ！　あんた、あたしのこと一体どんな風に教えてるのよ！」

「はあ？　べつにぃ。俺は何にも言ってねえぜ。しかしまあミントの話を聞いてりゃあ、あの赤毛の魔女様が、こんながキっぽいとは思わねえよなあ――なあミント？　やっぱりありゃあ美化しすぎだぜ」

　突然、話を振られたミントは、ちょっと困ったように微笑《ほほえ》んだ。

「そ、そうでしょうか……？」

　アーチェは、ふん、と鼻を鳴らした。

　どうやらミントは、あのチェスターの養い子たちに、色々と旅の話を聞かせているようだった。もっとも、その目的や時間旅行のことなどは伏せているらしいが。その物語中で、アーチェは、チェスターの背中を守る偉大な魔女として登場するらしい――あの子が、メグという子がそう言っていた。

その上、小憎らしくも、

「エルフっていうのは、みんなすごい美人なんでしょ？　あなたがアーチェさんだなんて、絶対に嘘《うそ》。だってあなた、ちっとも美人じゃないもの」

などと付け加えもしたのだった。

チェスターが養っているのでなければ、ファイアボールの一発でも御見舞いしてやっているところだ。

結局、押し問答をしているところへクレスがやってきて、それでようやくメグも納得したのだが、それでもいいつけられて部屋に戻る時、まだ、いぶかしげな視線をよこした。アーチェはふざけて投げキッスをしたが、完全に無視された。

だがそれは、ハーフエルフだから、というのではなくて、単にアーチェのことが気に食わない、といった態度だったのでそれほど不快ではなかった——もちろん、頭にこない、というわけではないが、二つは別物である。

とりあえず、その辺の教育はしっかりとしているらしいことだけはわかった。

（ま、チェスターにしちゃ、上出来かもね）

アーチェは、わざと、がたがたと音を立てて、椅子《いす》に腰掛けた。

まったくとんだひと騒動だったが、悪いことばかりだったとはいえなかった。おかげで、久しぶりの再会がかしこまった様子にならなかった。それについてはお礼を言ってもいいくらいだった。

厳粛《げんしゅく》な、とか、改まって、とかの雰囲気《ふんいき》が、アーチェは何より苦手だった。まともに『お帰り』などといわれたら、嬉しくて泣いてしまったかもしれない。そんなことになったら一生の不覚だ。

（ま、あたしたちには、こんな再会がやっぱり似合うよね）

赤くなった鼻をさすってぶつぶつ言っているチェスターを盗み見るようにして、アーチェはこっそりと微笑んだ。視線に気づいてチェスターがこっちを見る。どちらもちょっとわざとらしく視線を外した。

そんな二人の様子を、壁に寄りかかったクレスが微笑ましげに見ていることに気付いて、アーチェは彼を向いてにんまりと笑った。

「な、なに……？」

「なに、じゃないっしょ？　で、どこでやるの？」

「やるって、なにを？」

「なにって――『お帰りアーチェさん！　大歓迎パーティ!!』に決まってるじゃん。このバカの家……はなーんかわさわさしてるから、やっぱりクレスん家《ち》？　あ、それとも教会の聖堂で？」

クレスはなぜか答えにつまったように見えた。代わりに少し小馬鹿にしたような声でチェス

ターが、

「ああ？　おまえ、突然帰ってきて、何言ってんの？　んなもん、あるわけねえだろ？」

「あんたこそ何言ってんの？　クレスには、ちゃーんと帰ること教えてあったんだから。へへーんだ。——ねークレス？」

　するとクレスは目をそらして、頭を掻《か》いた。

「……ごめん、チェスターにも話しちゃった」

「なぬーっ！　内緒だって書いたじゃん！」

「いや、ち、ちょっと、事情があってさ……」

「何よっ、事情って！」

「あー、うん……」

　クレスはミントと、そしてチェスターと視線を交わした。ため息を吐《つ》いて助け舟を出してきたのはチェスターだった。

「ったく……。ばーか、はっきり何日に帰る、って書いとかなけりゃ、準備なんか出来るわけねえだろ。もしその日に帰ってこなかったらどうすんだよ。料理が無駄になっちまうじゃねえか。それともなにか？　おまえはいつ帰ってくるのかわからない奴《やつ》の為《ため》に、毎日毎日準備をして待ってろってのか？　冗談きついぜ」

「……そ、それは」

「――ったく、相変わらず抜けてるよな」

　へっ、とチェスターが笑ったのを見て、アーチェの頭の中で理性が一本、ぷつんと音を立てて切れた。

「あによ！　そんなにぽんぽん言わなくたっていーじゃん！」

「はあ？　抜けてるから抜けてるって言ってんだろ？　ばーか、ばーか」

　べろべろーと舌まで出してみせる。

「あー、もうっ、あったま来た！」

　アーチェは、蹴《け》るようにして椅子を立った。

「こんな馬鹿に会いになんか来るんじゃなかった！　バイバイ！　じゃあね！　さ・よ・う・な・ら！」

　吐き捨てるように言って、アーチェはくるりと背を向けると、広い食堂を後ろを振り向くことなく出て、思い切り乱暴に、後ろ手で扉を閉めてやった。来た時とは別の意味で心臓がバクバクいっている。

　あいつが追いかけてなんてこないことは、よくわかっている。

　くちびるを噛《か》み、天井を見上げた。木目がなんだか揺《ゆ》れて見える。

「ほんと……大バカ……」

　それが自分のことなのか……それともチェスターのことなのか……呟《つぶや》いた本人にも、わからなかった。

と、きぃ、と扉が開く音がした。

「アーチェさん……」

柔らかい声で背中から呼ばれ、アーチェは少しだけ体を固くした。こんな時、やって来るのは彼女の——ミントの役割だ。アーチェは鼻をすすると、後ろを振り返って、へへへ、と笑った。

「まーた、やっちゃったよ、あたし」

ミントは何も言わず、優しく微笑みながら、ただ頷《うなず》いた。

「ひとまず、教会に——わたしの部屋に来ませんか？　今夜はわたしが腕によりをかけて、アーチェさんの大好きなものを作りますから」

「ほんと……？」

「はい」

アーチェは気持ちを切り替えようと、少し大袈裟《おおげさ》に指を額《ひたい》に当てて考えるような格好をしてみせた。

「……じゃあ、ハヤシライスとフルーツポンチ」

「はい。任せておいてください」

小さくガッツポーズをするミントに、アーチェはむりやり笑って見せた。

「久しぶりだな、ミントの料理♥」

「そうですね。――アーチェさんは、料理のほうは相変わらず？」

「う……聞かないで」

あからさまに肩を落としたアーチェの様子に、ミントは、ふふふ、と笑った。

「――あ、そうだ。それから、お夕食の後、多分クレスさんから、ちょっとお話があると思います」

「話？　何？」

「さあ……それは、クレスさんの方から……」

「ふーん……ま、いいや。ひっさびさにミントのおいしい手料理が食べられるんだから、聞くだけなら聞いてあげましょ。――アーチェ様は寛大《かんだい》なのだ」

大威張《おおいば》りで胸を張る。

「もう、アーチェさんたら……」

ミントはくすりと笑い、アーチェも同じ様に、えへへ、と笑った。

笑って見せた。

――それが、自分らしかった。

「何やってんだ、俺は……」

呻《うめ》くように呟いたチェスターに、クレスはかける言葉がなかった。意地っ張りもここまで来ると病気だ。本人もわかっているようなのに、ちっとも治らないのが不思議だった。ため息を吐《つ》くと、クレスは椅子を引き腰を下ろした。そして言葉を捜した。

「……今頃はきっと、ミントがうまくやってるよ」

「すまねえ……」

うつむいたチェスターは、いつにも増して疲れているように見えた。

昨日、アーチェが近々帰ってくると教えた時は、口では、

「へっ、別にもう帰ってこなくても、俺はちっともかまわねえのによ」

と言いながらも、顔はかなり緩《ゆる》んでいた。それは久しぶりに見た、いつものチェスターだった。なのに――

クレスはもう一度ため息を吐いた。

一年と少し前、アーチェが村にやってきた時、チェスターは、彼女が《百年》待ったのだ、ということをわかっていなかった。チェスターから見れば、アーチェが自分の時代に帰ったのは数日前のことだったのだから、つい、いつもの調子でやってしまったのはわからないことでもない。しかし、

「ひどいです、チェスターさん！」

アーチェがぷいと行ってしまったあと、珍しくミントが声を荒らげた。

「アーチェさんは、百年も待ったんですよ!? それなのに、いきなり『おめえ太ったんじゃねえの?』はないです！　わかってるんですか!?」

チェスターは言葉もなかった。

彼は、その程度のことでアーチェがどこかに行ってしまうとは、少しも思っていなかったのだ。それは、クレスにもよくわかった。そのくらいの会話は旅の間では日常茶飯事《さはんじ》だったからだ。

だが、旅をしている間とそのときでは、二つのことで大きく事情が違っていた。

ひとつは、待った時間の感覚の差。

そしてもうひとつは、今度はアーチェを縛《しば》るものは何もない、ということだった。

アーチェは、一見いいかげんなように見えて、実は責任感はしっかりとしている。だから旅の間には、『打倒ダオス』という目標もあり、多少の喧嘩《けんか》をしても彼女が勝手にパーティを抜けるということはなかった。

そのことにチェスターは気付かなかった。ミントは追いかけたほうがいい、と言ったが彼は『すぐ戻ってくんだろ』と言って、そうはしなかった。

ときどき届いていた手紙によると、アーチェはあれから一週間ほどユークリッド王都に滞在していたらしい。彼女が村を出て行って三日も経《た》つと、クレスもさすがに探しに行った方がいい、と言ったのだが、チェスターは頑《がん》として村に留《とど》まった。

あとはもう、意地の張り合いである。

その間に挟まれて、クレスとミントは黙って見守るしかなかった。

クレスは体を少しテーブルに乗り出すようにすると、天井を睨《にら》むようにしていたチェスターを向いて言った。

「あのさ……もう少し、アーチェの気持ちも考えてあげたほうがいいんじゃないかな」

するとチェスターは視線を天井に据《す》えたまま、ふっと息を漏《も》らした。

「……わかってるよ。くそっ、あいつの顔を見ると、何でかこうなっちまうんだよな……自分でも嫌になるぜ」

「まあ、チェスターらしいっていえばらしいし、アーチェもわかってるとは思うけどさ。それでも腹が立つ時は立つんだし――」

「わかってるって言ってんだろ」

チェスターはクレスを見ると、指を突きつけた。

「そういうお前はどうなんだよ？　お前はミントの気持ちを考えてんのか？　ミントが何でここに留まってるのか、わかってんのか？」

「な、なんだよ急に……わ、わかってるよ……」

クレスは顔が熱くなるのを抑《おさ》えられなかった。ここに彼女がいなくて良かった、とつくづく思う。

「で？　わかってて、お前はミントに何も言ってやらないってわけだな？」

「それは……もう少し村が落ち着いてから……」

「そりゃいつだ？　誰がそう決めるんだ？」

「……なんだよ、仕返しのつもりか？」

するとチェスター鼻を鳴らした。

「事実だろ？　――ミントだってそうだ。なんではっきり言わねえ？　なんではっきり訊《き》かねえ？　お前もミントも、人のことを言えた義理じゃねえよ。俺たちはいつもそうだ。なんでだ？」

「なんでって……そういう性格だからじゃ……」

「違うな」

チェスターは、そう切って捨てた。

「アミィの夢を見るようになって、はっきりとわかったことがある。俺たちは自分たちが幸せになることに《罪悪感》がある」

「まさか……」

クレスは笑おうとしたが、なぜか出来なかった。チェスターは矢のように指をさらに突きつけてきた。

「俺たち三人は家族を殺された。しかもその仇《かたき》をダオスに奪われた。その上《時空転移》というそいつを止める手段を持ちながら、いいこぶってそれを放棄《ほうき》した。——俺たちが素直になれないのはそのツケだ。違うか？」

違う、とクレスは断言することは出来なかった。

チェスターの言っていることは、自分を正当化するための方便に過ぎない、と思う一方で、その負《お》い目も理解できてしまうからだ。だが、あの時の判断は間違ってはいなかった。《時空の在《あ》り方》が樹木のようだなどとは知らなかったのだから。

「ツケは払わなくちゃならねえ。でなけりゃ、俺たちの旅は終わらねえよ」

そうだね、と言ってしまいそうになるのを、クレスはすんでの所で飲み込んだ。

「僕を言い包《くる》めようったってダメだ、チェスター。話し合って決めたことだろ？《保証》がなければ実行するわけにはいかない。いまさらそれを守れないっていうなら《賭《か》け》は無しだ。勝手にすればいいさ。ただし村は一切関係ない。それに子供たちはユークリッドの施設に引き渡す。僕もミントも……それにこの村にもあの子達を養う、そんな余裕はないからね」

もちろん本心ではない。もしもチェスターがそれでも行ってしまい、戻らなかったとしてもメグたちは守るつもりだった。だが、あの子達のことを思えば無茶をさせたくはない。大事な人間がいなくなる辛《つら》さは誰よりもわかっている。チェスターもそれは同じ筈《はず》なのだが、いまはそれが見えていない。

「てめえ……」

「僕らのせいじゃないぞ。おまえがあの子達を捨てるんだ。どうする？」

チェスターは、視線を外すと憎々しげに舌打ちをした。

「……わかったよ」

クレスは厳しい顔を保ったまま、内心で胸をなでおろした。


空《から》になった皿やボウルを前に、アーチェは不機嫌だった。

ずっとそうだったわけではない。先程まではどちらかといえば上機嫌であり、昼間のチェスターの無礼も、まあ許してやろうかな、と思えるほどには心にもゆとりがあった。

ハヤシライスのルーは何日も煮込まれていたみたいにコクがあったし、フルーツポンチもとても甘くておいしかった。これでお酒があったら最高だったのだが、酔っ払うと寝てしまうとわかっているためか、食卓には上がらなかった。

会話の方はもっぱらアーチェが喋《しゃべ》っていたが、これは旅をしていた頃からそうだったから気にもしなかった。喋りながらしかし、クレスとチェスターの間に、口には出さなくてもなんとなく奇妙な雰囲気《ふんいき》があるのはわかった。特にチェスターは話にただの一度も突っ込んではこなかった。物足りなかったくらいである。

それでもアーチェはご機嫌だった――クレスの話を聞くまでは。

「それって、ズルじゃゃん」

ティーカップの縁《ふち》を指で弾いて、アーチェは言った。それが正直な意見だった。

だが、それに答えたのはクレスではなくチェスターだった。

「……何がズルなんだよ」

チェスターははっきりと苛立《いらだ》っていたが、アーチェは気にしなかった。

「だってそうじゃん。気に入らないことを、自分たちだけやり直し？　全然予想もしなかったことで命を落とした人はたくさんいるけど、そういう人の家族があんたたちのとこに来て、助けてくださいって言ったらどうすんのさ？　自分たちはいいけど、他の人はダメ？」

チェスターは、どん、とテーブルを叩いた。皿が少し浮き上がる。

「うるせえな！　じゃあ、おまえは過去に戻ってやり直したい、って思うようなことはないのかよ！」

「そりゃー、あるわよ？　あんたはすっかり忘れてるかもしれないけど、あたしは百二十一年も生きてるんだからね。後悔なんて、思い出したら切りが無いよ。でも、だからってその度《たび》に時間を遡《さかのぼ》ってやり直してたらどうなんの？　だいたいもう起こっちゃったことは過去をどういじっても変わんないんしょ？　だったらそれこそ意味ないじゃん。だいたいクレス——」

アーチェが、会話の矛先《ほこさき》を向けると、クレスははっきりと動揺した。

「な、なに……？」

「なに、じゃないでしょーが。過去を変えるだけじゃなくて、未来まで見せろって、どういうこと?」

「あの、つまり……過去を変えた時に問題なのは、元のこの時間軸《じく》に帰ることが出来るかどうかなんだ。だからメルとディオに、ちょっとそれを聞こうと思って——」

「メルとディオって誰よ?」

「誰って……確か、アーチェも会ってると思うけど……ほら、緑色のまるまっこい動物を連れた双子の姉弟で……四二〇三年に行ったんだけど……」

しかし、アーチェは首を捻《ひね》った。

(そんな連中いたっけ?)

本当に憶《おぼ》えがなかった。もし会っているとしても、百年も前に一度くらい会った連中のことなど、憶えていろというほうが無理だ。

「憶えてないっス」

「そ、そう……。と、とにかく、アーチェには二人に——すずちゃんの時代に行った後の二人に、伝言を頼みたいんだ。もう一度、この時代に来て欲しい、って。余計なことは聞かないよ。知りたいのは、僕らが何年か後にもこの時間軸にいたかどうかだけだから。詳《くわ》しくは手紙に書くよ。だからアーチェはそれを渡してくれるだけでいいんだ」

「いつ頃、渡せばいいのよ?」

「ええと、確か四四〇八年頃……だったかな?」

「また百年後？　それまであたしが憶えてると思うわけ？」

「だから賭けなんだよ。今日から一週間以内に、二人が現れなかったらチェスター——いや、僕らはこの計画を諦《あきら》める」

「そこまで断言しちゃって、あたしがわざとそれを渡さない、とか考えないわけ？」

「それも、賭けなんだ」

アーチェは、ふん、と鼻を鳴らした。

「ミントはどう思ってんの？　ミントも賛成なの？」

そう訊《き》くと、彼女はちらとクレスを見て、それからアーチェに向き直り、そうして微《かす》かに首を振った。

「わたしは……正直、悩んでいます。かつて、わたしたちがアーチェさんの時代に行ったのは、過去を変えるためではなく未来を勝ち取る為《ため》でした。すずちゃんの時代から、ハリソンさんがやってきたのも同じ理由からです。でも、今度のことは……」

「同じことじゃねえか！」

声を荒らげてチェスターは言った。

「アミィの！　クレスの親父《おやじ》さんたちの！　ミントの母親の！　《黒騎士団》の連中に奪われた未来を勝ち取る為だろ！」

「でも！……でも、わたしたちも、ハリソンさんも、過去を変えようと思って時間を超えたわけじゃありません。それは……大きく違います……」

「ならミント、おまえは母親を助けたくないのかよ？　助けられるとわかってるのに見殺しにするのか？」

チェスターの剣幕《けんまく》に、ミントは言葉に詰まってうつむき、クレスは思わず椅子を立っていた。

「チェスター！　そんな言い方はないだろ⁉」

「事実じゃねえか！　方法があるのにやらねえってことはそういうことだろ！」

チェスターも立ち上がると、二人は睨《にら》み合った。

今にも殴《なぐ》り合いを始めそうな勢いの様子に、

（……ガキ）

とアーチェは、ため息を吐《つ》いた。

これが過ごした時間の差というやつだろうか？　それにしても、クレスとチェスターのあまりの成長の無さぶりには、ちょっとだけいらついた。人間は人生が短いくせに、一年くらいじゃろくに変わらないらしい。

「はい、ストーップ！　……ったく、いい加減にしてよね。せっかくおいしかったミントのごはんが台無しじゃん」

クレスとチェスターは、無言で視線をそらすと、それぞれ椅子に座りなおした。ダオスという目標に向かっていた頃の凜々《りり》しさは、なんだか欠片《かけら》も無い。

アーチェは、もう一度ため息を吐《つ》いた。

「はいはい、わかった、わかりました。……メッセンジャーになったげるわよ。そうしなきゃどうせ収まんないんでしょ？――ただし！　一週間たってもその双子ちゃんが来なかったからって、あたしを責めないでよね？　百年も未来のあたしがしでかすことなんて、知ったこっちゃないんだから。それにあたし、手紙を受け取ったら、もう一回旅に出るから。鬱陶《うっとう》しいから探さないでよね」

「そんな、アーチェさん！　せっかく帰ってきたのに――」

「だったらやめなよ、こんなこと。それが約束できないんなら、この話はなし！……さあ、どうする？」

クレスはチェスターを盗み見、それから頷いた。

「わかった。……頼むよ、アーチェ」

「チェスター、あんたは？」

「……わかったよ」

そっぽを向いたまま、目を合わさずにチェスターは言った。

ずきり、と胸が痛んだ――チェスターは、自分といるよりも過去を選んだ――そういうことだ。

アーチェは、痛みを隠して微笑んだ。

「それだけ？」

「……なんだよ？」

わかってないなあ、といわんばかりに彼女は指を振った。

「こういう場合は『お願いします、アーチェさま』――じゃん？」

「てめえ、調子に――」

「やっぱ、やめよっかなあ……」

言いながら、ちろりとした目つきでチェスターを見ると、彼は言葉をぐっと喉《のど》に詰まらせ、
それから本当に悔《くや》しそうにしながら、

「お、お願いします、アーチェ、さ、さま……」

と言った。

その表情を見て、少しすっきりした気分になっている自分に気がつき、アーチェは、

（あたしも、まだまだガキかな……）

と、少しだけ反省した――本当に少しだけ。

3　メルとディオ

高い場所にある窓から入ってきた風に髪を撫《な》でられ、そのくすぐったさにアーチェは目を覚ました。

最初に視界に飛び込んできたのは半球型の高い天井だった。薄いピンク色に塗られていて、画《え》などは特にない。一角に丸い扉があって外に出入りできるようになっているが、そこに続く柱などはない。

(……なんだ、夢か)

ベッドに寝転がったまま、アーチェはぼんやりとして、しばらく天井を見上げていた。

いつもの散歩から帰ってきて、ベッドで本を読んでいたのだが、いつのまにか眠ってしまったらしい。

(にしても、なっつかしい夢だったなあ……チェスターってば、むきになっちゃってシスコンぶり全開って感じだったし、クレスもミントもあんな感じだったよねえ、若い頃は。すっかり忘れちゃったと思ったけどまだまだいけるじゃん、あたしの記憶力も)

よっ、と声をかけて体を起こすと、アーチェは読みかけで放り出してしまっていた本を取り上げた。タイトルは『《時空の英雄》伝説集』だ。ダオスを倒した英雄に関する様々な公式記録から芝居、噂《うわさ》までをも網羅《もうら》した本である。

（これのせいかも、あんな夢を見たの）

ちょっとよだれがついて、乾いて、皺《しわ》になったそれを閉じて机の上に置くと、ベッドの足についているボタンを、先の丸まったブーツの先でちょんとついた。するとベッドは自動的に折り畳まれて、たちまち大きさも見た目もトランクに変わる。

これは、魔術ではない。

魔術とは似て非なるもの――魔科学の産物だ。魔術は空気中の魔法素《マナ》を、体内でエネルギーに変換して使用する。ただしこれは、特定の遺伝子を持つ者にしか出来ない。エルフ族と、その眷属《けんぞく》だ。魔科学とはそれを機械的に変換する術をいう。

しかし四三五四年に、ミントが世界樹ユグドラシルに障壁《しょうへき》を張って魔法素の流出を止めた《大消失》によって、全《すべ》ての魔科学機械は停止し一大パニックになった。うろたえなかったのは、もともと機械文明にも魔術にも頼っていなかった、すずたち、忍者の里の住人くらいなものだ。

以来、魔科学は廃《すた》れ、その日がくるのを予言していたかのような、クラースの残していた――魔科学が健在の頃は見向きもされなかった――代替《だいたい》エネルギーの研究理論を元にした新しい生活が、いまは構築されている。

数年前に障壁は解かれ、魔法素《マナ》は再び供給が開始されているが、そのほとんどはここ――《魔女《まじょ》っ娘《こ》の塔《とう》》と呼ばれている、アーチェの家、兼、魔法素収集装置に集められている。それも、いまは少しずつ解放されているが、ほとんどの人間はいまだそのことには気がついていない。

(にしても、あの夢、なんだっけ?)

アーチェは指を一振りして電熱コンロに電気を供給し、上に載《の》ったポットを温め直しながら首を捻《ひね》った。ああいう場面があったのは憶《おぼ》えていたし、チェスターの妹に関する何かの話だったというのも思い出せているのだか、何か肝心《かんじん》なことを忘れてしまっているような気がした。

(あいつが、さま、なんていったのは、アレで最後、っていうのは覚えてるんだけどね。――ま、いっか。思い出すならそのうち思いだすっしょ)

沸《わ》かしなおしたコーヒーをカップに移してたっぷりミルクと砂糖をぶち込み、冷蔵庫から残しておいたチェリーパイを取り出した。自分で作ったものではない。この間、ちっちゃな友人が遊びに来た時に持ってきてくれたものだ。

切り分けたものを豪快《ごうかい》に手で摑《つか》んで食べながら、満足そうに口の周りについたシロップを舐《な》め取る。とろりとして、甘い中に少しの酸味があって、とてもおいしい。

(メルってば、また腕を上げたじゃん)

アーチェは、少しばかり嫉妬《しっと》の混じった尊敬を、ちっちゃな友人の片割れ――メル・フォートに覚えた。自分が十三の頃に作った料理は、はっきり言って殺人的にまずかった。なにせ、父親を悶絶《もんぜつ》させたほどだ。

その後、クレスたちと旅をしている時には、『××料理人』なる、ありがたくない称号《しょうごう》までいただく始末。

ここ何十年かでやっと、まあ食べられるかな、と思える程度の料理は作れるようにはなったが、正直、まだまだだった。

アーチェには、忘れられない料理がある――『マーボーカレー』だ。

舌の記憶がぼやけないうちに、何とかしたいと思っているのだが、こればっかりはなかなかうまくいかない。

(結局、あいつが生きているうちには習得できなかったし)

最期《さいご》の刻《とき》、チェスターは『やればできるじゃねえか』と言ってくれたが、それが彼の最後の優しさだったということはわかっていた。彼の作った本家の『マーボーカレー』と自分のそれでは、はっきりとした違いがある。レシピは同じなのに、なぜか違ってしまうのだった。

(そういえば、そろそろ材料がなくなる頃だっけ。買い出しに行かなきゃね)

べたべたになった指を舐めながらそう考えていると、机の傍《そば》の伝声管から、人の声が聞こえてきた。また、どこぞの馬鹿な冒険者かと思ったが、そうではなく、この塔の近くを通る商人のようだった。

「なに？」

「ああ、ええと……魔女さんですか？　実は、頼まれ物がありまして……」

これには少し怯《おび》えが混じっている。無理もない。この塔の中には、よわっちいが本物のモンスターを放し飼いにしてあるのだから。

「ふうん……なに？」

「あ、手紙のようなもの……です」

「ようなもの？　ま、いいや。じゃあ、伝声管の横に大き目の金属製の蓋《ふた》があるっしょ？　そこに入れて、また蓋を閉めて」

わかりました、という声が聞こえて、彼がすぐに言う通りにしたのがわかった。

アーチェは、風を起こしてそれを最上階の部屋まで持ち上げた。ポン、と音がして、部屋の隅から手紙が飛び出したが、まさしくそれは、ようなもの、だった。

くるくると回って、アーチェの手の中におさまったのは、一本の巻物だったのだ。表には『あーちえさま』とある。確かに手紙なのだが、こんな手紙をよこすのはただの一人しかいない――すずだ。

アーチェは商人にお礼を言って、古い時代の宝石をひとつ、巻物が飛び出した管に投げ入れた。すぐに、伝声管から狂喜の声とお礼の言葉がしたが、アーチェはろくに聞いていなかった。紐《ひも》を解き、相変わらず読み慣れない縦書《たてが》きの文字を追うのに夢中だった。

内容は、いつもの近況報告だった。

すずは、もうすっかりお婆《ばあ》さんで、何年も前に頭領《とうりょう》の座を後進に譲《ゆず》って、いまは、かつてクレスとミントがそうしたように、夫と二人で世界中をのんびりと旅している。そして、こうしてときどき、塔の傍を通る商人に手紙を預けてくれるのだ。

返事を書きたいとも思うが、元来筆不精《ふでぶしょう》だし、旅の途中では届けようもなかった。そのうち、こっちにも来るというから、それを楽しみにしている。

(手紙……手紙……なんか、ひっかかるな)

巻物を元のように巻き直しながら、アーチェは首を捻《ひね》った。

(えーと手紙……誰かに書くんだっけ?)

考えながら、いつもの場所に巻物を放り込もうと引き出しを開くと、山と放り込まれた手紙が目に飛び込んできた。途端、

「あっ!　思い出したっ!」

思わず、声に出して、アーチェは椅子《いす》を立ち上がっていた。

(そうだ。そうよ。あたし、あいつに頼まれたじゃん!　『忘れんじゃねーぞ』って念押しされたじゃん!　あ、あぶなー……あと百年、思い出すのが遅れてたら、えらいこと――あ、でも、手紙……どこやったっけ?　あちゃあっ!　さ、探さなきゃっ!)

すぐにアーチェは、机の中、本棚《ほんだな》、隠し倉庫など、あらゆる場所をひっくり返し始めた。手紙を頼まれたこと、相手がメル＆ディオであることは思い出したが、内容については憶えていなかったからだ。何かの《賭《か》け》だったような、うすぼんやりとした記憶はあるが、それだけだった。どこにしまったかも、まったく思い出せない。

「あーもうっ！　どこいったのよっ！」

忘却《ぼうきゃく》は、長命なエルフ族の特性だが、今度ばかりはそれを呪《のろ》いたくなった。

「きぃーーっ！」

塔の外で、急に空が曇り、雷が轟《とどろ》いた。

近くをたまたま通りかかった飛行機械がその直撃を受け、乗員百名が軽い感電をしたが、それがアーチェのせいであったかどうかは、定かではない……。


「うきゅ？」

緑色の耳をぱたりと動かして、クルールは窓の方を向いた。フォート家のペットというか、家族の一員である、このハムスターを丸くして巨大にしたような緑色の毛皮の生物は、時折こうした仕草を見せる。

「どうしたの、クルール？」

愛らしい声を聞きつけて、メル・フォートはキッチンから顔を出した。髪の端が大きくカールした銀髪が揺《ゆ》れる。首からはエプロンを下げて、手にはフライ返しを持ったままだ。十三という年齢の割には、少し背の低い彼女がしているのは母親のエプロンだったので、下の部分が床につきそうになっていた。

「パパとママが帰ってくるのは明後日《あさって》でしょ？　誰か来たならディオに――ディオっ！　ちょっと来て！　誰か来たかもしれないから！　わたし、ちょっと手が離せないの！」

そう弟の部屋に向かって声をかける。弟とはいっても双子だから、明確にはどちらが上ということもないのだが、なんとなくメルの方が年上の役割をすることが多いのは、性格によるものだろう。

「なんだよもう……オレだって、やることあるんだぞ……」

そう言って、廊下《ろうか》の向こうから目を擦《こす》りながら、ディオはパジャマのままという、だらしのない格好のまま現れた。ボタンが外れて肩が剥《む》き出しになっていて、ズボンの片方の裾《すそ》は膝《ひざ》まで上がっている。先が跳《は》ねるように尖《とが》っているおそろいの銀髪は、朝見たときと同じで寝癖《ねぐせ》がついたままだった。

「寝てただけでしょ？　わたし、ホットケーキ焼いてる途中なんだから、誰か来たらお願いね。あ！　それから、その格好のまま出ないでよ？　みっともないから」

「いーじゃんか、別に」

「あらそう？　だったら、ホットケーキはあたしとクルールで食べちゃうからいいわ。熱々のケーキの上に、たっぷりアイスとあまーいメイプルシロップをかけようと思ってたんだけどな。──クルール、二人だけで食べようね。ディオはまた寝ちゃうんだって」

「誰もそんなこと言ってないだろー」

「だったら着替える！　顔も洗いなさいよね！　寝癖も直して！──あ、やばっ！」

メルは反論する間を与えずにそう言うと、慌《あわ》ただしくキッチンへと戻っていった。少しケーキの生地《きじ》が焦《こ》げたような匂《にお》いがする。

「──ちぇっ、しょうがねえな」

ディオはもう一度寝るのを諦《あきら》めると、服を着替えに部屋に戻った。メルのホットケーキには勝てない。パジャマを脱ぎ、放り出してあった長袖《ながそで》のシャツとゆったりしたズボンに着替えると、顔を洗いに洗面所にむかった。

途中で、居間を通った時に、クルールの頭を撫《な》でてやる。

「うきゅ？」

「なんでもねーよ」

ディオは顔を洗い、手を水に浸《ひた》して適当に寝癖のついた部分をぬらしてタオルで拭《ふ》いた。完全とは行かないが少しはマシになった。鏡の向こうからメルと同じ顔が見返している。メルとディオは双子とはいっても、一卵性ではないから、それほど似ないのが普通なのだが、十三になった今でも、顔も背丈もよく似通っていた。髪が隠れるそろいの《衣装《いしょう》》を着たときなどは、ぱっと見、区別がつかない。

「うきゅっ！　うきゅーっ！」

玄関の方でクルールが騒がしく鳴く声がして、ディオは急いで向かった。

「ディオ！」

「わかってるよ！……いま行くところだっての」

メルの声にぶつぶつ言いながら、玄関に向かう途中の廊下で、ディオは何気なく窓から外を見て、あっ、と声を上げた。そして急にどたどたと走り出すと、ドアの前で飛び跳《は》ねるようにしているクルールを押しのけるようにして、鍵《かぎ》を外し、ノブを捻った。

「なにバタバタしてるの？」

再びキッチンからメルが顔を出した時、ディオとクルールは、ドアを開けっ放しにした玄関に立って、空を見上げていた。

「ディオ？　クルール？」

しかし、彼らが何をしていたのかは、メルにもすぐにわかった。ふわり、と空から箒《ほうき》にまたがった、一見少女、が降りてきたからだ。メルも同じ物を一揃《ひとそろ》え持っているピンクの派手派手な服の彼女は、二人と一匹に向かって手を振ると、にっと微笑《ほほえ》んだ。

「やっほー、遊びにきたよん」

「アーチェさん！」

フライ返しを持ったまま、メルは彼女の元へと駆け寄った。《仕事》の帰りに立ち寄ったのが数日前だから、そんなに時間は経《た》っていないのに、なんだか久しぶりのような気がした。

「なんだよ、家に来るなんて珍しいじゃんか！」

ディオは小さな拳《こぶし》を固めて、軽くパンチを繰り出した。アーチェはそれを難なく払う。

「ちょっち、ね」

「くるーる！　くるーる！」

「あーはいはい。あんたも元気そうじゃん。ほれほれ」

「うきゅー……」

喉《のど》を撫でられて、クルールはうっとりと耳を垂らす。それを見て微笑みながら、アーチェはメルに顔を寄せると鼻を動かした。

「いい匂いじゃん、メル。あたし、いい時に来たかな？」

「おやつのホットケーキを焼いてたの！　アーチェさんもどうぞ！」

「それじゃあ、食べちゃおっかなー」

「なんだよ、ほんとは狙《ねら》ってきたんだろ？」

ディオが笑って言うと、アーチェは、ばれたか、と舌を出した。

メルは笑いながら、

「今日はパパもママもいないの。だから遠慮《えんりょ》せずにゆっくりしてってね」

「それより、泊まってけよ！　いーだろ？」

ディオはとっとと、箒を——スターブルームを彼女の手からもぎ取るようにする。アーチェは指の一振りでそれを縮小すると、取り返しニヤリとして、それからメルを向いた。

「どこ行ったの、エリックとファーメルは？」

「アルヴァニスタ。ママの画《え》が、また何とかっていう権威《けんい》ある賞をもらって、その授賞式」

アルヴァニスタは、左右をユークリッド大陸とモーリア大陸に挟まれた、島王国の首都である。モーリア大陸とは巨大な橋で繋《つな》がれていて交流も深い。

「ふーん……そりゃ好都合だわ」

「え、なに？」

「んにゃ、なんでもない。こっちのこと。それじゃあまずは、おやつをいただいちゃおっかなー？」

「おう！　すぐに用意するぜ！」

「……ディオは食べるだけでしょ」

言って、メルはフライ返しの柄《え》で、ディオの頭をぽかりとやった。

「ってえな！」

「せめて、お皿くらい出してよね。ほら、さっさと来る」

「お、おい……」

ずるずると、ディオがメルにキッチンの方へと引きずられていくのを見ながら、アーチェは笑い、そうしてクルールを抱くようにしてドアを閉め、後ろ手に鍵をかけた。

アーチェは家の中をぐるりと見回した。ホットケーキの甘い匂いに混じって、微《かす》かにテンピン油の臭《にお》いがする。メルとディオの母親は高名な画家で、アトリエも家の中にある。父親の方は、最近ようやく再び陽《ひ》の目を見はじめた魔科学の研究者で、著作《ちょさく》も幾《いく》つかある。

アーチェが、メルとディオを知ったのは、二人が《精霊の試練》を受けるため、時間を越えるのに必要な魔法素《マナ》を解放してほしい、と《魔女っ娘の塔》を訪れた時だった。

二人は身につけた衣装の職業に《なりきる》ことができるという、特殊な力を持っていて、その特性を生かして《なりきり師》という仕事をしていた。しかしある日、二人は精霊ノルンの導きによって、自らを取り戻す目的で《試練》を受けるために旅立つことになったのだった。メルとディオは、フォート夫婦の実の子供ではなく捨て子で、メルとディオもそのことを知っていた。

自分を知るために、二人は時空を越えた。

だが、全《すべ》ての試練の先に二人を待っていたのは、この星の歴史からの消滅だった。二人はこの星の人間ではなく、ダオスと同じ世界の人間だったのだ。だからこそエルフの眷属《けんぞく》でもないのに、ダオスと同じく魔術を使うことが出来たのだ。

フォート夫婦の嘆《なげ》きようは、見ていられないくらい痛々しかった。

だが、この世の中に神様なんてものがいるんだとしたら、ずいぶんと粋《いき》な計らいをしてくれる、とアーチェはのちに思うことになった。

ファーメル・フォートが双子を生んだのである。

それは紛《まぎ》れもない、メルとディオだった。特徴のある銀の髪はもちろんのこと、長じると過去の一切の記憶を持ち合わせていることもわかった——そして、その《能力》も。二人は十歳になったときに、もう一度《なりきり師》の仕事をはじめ、そうして今に至っている。衣装は初めっから慣れ直さなくてはならなかったようだが、コツを覚えていたので、それほど苦ではなかったらしい。

そして、交流は今に至っている。

「アーチェさーん、出来たよー！」

「まってました♥」

アーチェはクルールを抱えたままキッチンに向かった。勝手知ったる他人の家である。キッチンの傍に置かれたテーブルの上には皿が四つ並べられて、その上で焼きたてのホットケーキがほかほかと湯気を立てていた。

「ほら、来いよ、クルール」

ディオはアーチェから子分を受け取ると、椅子《いす》に座らせてやった。この動物がどのくらいの寿命《じゅみょう》なのかはわからないが、犬などと同じだとすればもう御年寄りだった——それにしては元気一杯だが。

アーチェが席につくと、メルは冷蔵庫から巨大な容器を出して、自家製のアイスクリームを専用スプーンで抉《えぐ》るようにたっぷりとすくい、それをホットケーキの上に落とすように乗せた。

すぐにアイスがとろとろと溶けて甘い匂いを振り撒《ま》く。その上にすばやくメープルシロップをかけ、メルは、

「召し上がれ」

と微笑んだ。

溶けないうちに、とアーチェは一足先に食べ始めた。待っていたらもったいない。メルはクルール、ディオの前の皿にも同じ様に盛り付けて、最後に自分のを作って席についた。

——十分後、すっかり満足した面々がテーブルにはあった。

「メル、また腕を上げたじゃん？　これってアルヴァニスタの有名な喫茶店のデザートでしょ？」

「うん。前にお手伝いしたときに、覚えたの」

「そのうち、なりきらなくてもレストランが開けるね、こりゃ」

「《なりきり師》もいいけど、将来はお菓子屋さんをやるの。クレスさんやミントさん、アーチェさんやすずちゃん……《六英雄》のみんなをイメージしたケーキを作って食べてもらうん

だ」

「ねえねえ、やっぱりあたしは甘ーいストロベリー？」

「うん。それで、ミントさんは白桃《はくとう》！」

「ミントさんはいいけど、アーチェおば……姉ちゃんは違うんじゃねえの？」

ニヤリと悪戯《いたずら》小僧の顔で笑うと、ディオはアーチェを見た。

「じゃあ、ディオはなにが似合うと思うのよ」

「そうだなあ……しなびた柿《かき》！」

ぴくっと、アーチェの頬が震えた。

「ほっほう……それは、どういう意味かな、ディオくん？」

「そりゃ、そのまんま」

アーチェは指を立て、ぽそりと呟《つぶや》いた
「……アイスニードル」

空中で氷結晶化した水分が針のように変化し、ディオのおでこにちくりと刺さった。

「いってえ！——あたっ！」

両手でおでこを押さえて椅子ごと後ろに倒れ、その拍子《ひょうし》に今度は後頭部を打って、もう一度悲鳴を上げた。

「……どじ」

「くるーるー」

メルもクルールも、いつものことと心配するでもなくアーチェを向いた。

「ところで、今日は突然どうしたの？　ほんとはなんか用事があってきたんでしょ？」

「さすがにメルにはお見通しか」

ディオは、頭の前と後ろをさすりながら起き上がると、すっかり口を尖《とが》らせて椅子を起こし、どっかと足を広げて座った。

その様子は、どことなく夢で見たチェスターと重なって、微笑ましかった。

彼女は少しお尻《しり》を上げると、ズボンのポケットから古びた手紙を取り出して、テーブルの上に置いた。

短い手を伸ばそうとしたクルールのそれを、メルがぴしゃりとやる。

「うきゅう……」

「ずいぶん古そうな手紙ね、アーチェさん」

「そ。古いも古い。ざっと百年以上も前の代物《しろもの》よ。いやー、探すの大変だったわ」

「なあなあ、黄色くなっててよく見えないけど、表に書いてあるのって、オレたちの名前じゃないの？」

ディオに言われ、メルはテーブルに身を乗り出すようにして、封筒《ふうとう》の表を見た。

「……ほんと。『メル&ディオ&クルール』ってなってるわ。――ねえ、アーチェさん、これ誰から？」

「クレス&ミント&チェスター」

「兄貴たちから!?」ディオの顔が、ぱっと輝いた。「ねえ、開けていい？」

アーチェは頷《うなず》いた。

「わたし、ハサミ持ってくる」

立ち上がり、キッチンからそれを持って戻ったメルは、ディオにせかされながらも慎重に古い手紙の封を開いた。

「くしゃん！」

まともに嗅《か》いだのか、クルールがくしゃみをした。ディオが慌てて子分の口を手で塞《ふさ》ぎ、メルは中身を守るようにして、慎重に中の手紙を引き出した。

中の紙は意外と丈夫な物を使っているようで、いきなり崩れたり、虫が食っている様子もなかった。メルは四つ折のそれを開くと、テーブルに広げた。ディオが覗きこむ。

「えーと、なになに……『メル、ディオ、僕たちのことを憶《おぼ》えているだろうか？』——あったり前じゃん、そんなの！『実は、君たちにひとつお願いがあって、この手紙をアーチェに託《たく》した。アーチェが、百年後もこのことを憶えていればいいけど』——憶えてたの、アーチェおば……姉ちゃん？」

「実は、忘れてましたー」

おどけて言うと、ディオは、大仰《おおぎょう》に頷いた。

「ま、そうだろな」

「……あによ、それ。なんかむかつく」

「まあまあ、アーチェさん。——ほら、ディオ、続き」

「あ、うん……えーと『これは、ズルだとわかっているけど、あえて聞きたい。何年か後、僕らはトーティスにいるだろうか？　君たちは、あれからすずちゃんの時代に行ったよね？　そこで、何かを聞かなかっただろうか？　それを教えて欲しい』——って、なんだこれ？」

ディオは、首を捻《ひね》ってメルを見た。

「……クレスさんたちが、トーティス村にその後もいたか知りたいってことかな？」

「何でそんなことが知りたいんだ？」

メルとディオはアーチェを向いた。思い切り話を聞きたそうな視線に、彼女は拳《こぶし》で自分の頭をこつこつと叩《たた》いた。——そうだ。そうだった。やっと思い出した。

「えーとね、つまり、クレスたちは——というより、チェスターがなんだけど、ある計画を立ててるんだよね。でも、それはちょっとした危険があることで、それをやっても大丈夫だっていう保証が欲しいんだって」

「あの……よくわからないんだけど」

「そうだよ。もっとはっきりずばっと言っちゃってくれよ」

「つ・ま・り――チェスターたちは過去を変えようとしてるの。それでクレスたちが体験した軸《じく》移動が起こらないかどうか、それを知りたいってわけ。もしそんなことになってチェスターたちがいなくなったら、あいつの養い子たちがかわいそうじゃん？」

メルとディオは顔を見合わせた。

「でも、それならアーチェさんの方がよく知ってるんじゃないの？　だって、ずっと一緒にいたんだから」

「やー、まあそうなんだけどね……あたし、ほら、時間移動できないから。トールは長いことエルフ族の管轄《かんかつ》下にあって、あたしは連中とことを起こす気はなかったし、そのうちにすっかり忘れちゃったってわけ」

「それで……クレスさんたちは、過去に行ったんですか？」

「それがさー、わかんないんだよね。あたし、手紙を受け取って、半月くらいユークリッドに行っちゃってたから……んで、そろそろ諦《あきら》めたかな、って思って戻ったら、みんないたし。どういうふうにしたんでも、とにかくいるんだからいいやって思って、それっきり」

「アバウトだなあ……」

「そうじゃなきゃ、何百年も生きられませんよーだ」

アーチェは、おどけて舌を出した。

「でもまあ、結局行かなかったんだね」

「え、どうして？」

「だって、もうノルンはいないじゃん？　時の扉は閉じちゃってるんだから、あんたたちも過去には戻れないでしょ？　トールの装置は動くかどうかわかんないし」

するとディオは急に胸をそらして、偉そうな態度で指を振って見せた。

「甘いなー、アーチェ姉ちゃん。オレたちは《なりきり師》だぜ？」

「だから？」

「だ・か・ら！　オレは、ダオスにもなりきれるっていうこと！　十分な魔法素《マナ》さえあれば、当然、時空転移だって出来るさ！」

その可能性については、アーチェは考えたこともなかった。

「……それ、試したことあるの？」

「あるある——あ、パパやママには内緒な？——一週間ほど前に戻ったことあるんだ。もちろん何にもしないですぐに帰ってきたけどさ。だから俺たち行けるぜ」

「どうする、アーチェさん？」

アーチェは考え込んだ。歴史の流れは複雑すぎて、はっきりいってよくわからなかった。過去と未来は観察者の立ち位置によって変わる。いったいどこまでが決定事項なのか。それとも何一つ決定などされていないのか。

「……チェスターは、あんたたちにもう一度会ったのかな……」

メルは首を傾《かし》げた。

「それは、わたしたちにとっては未来のことだから、わからないけど……どっちにしても、皆はあの村に長い間いて、メグたちを立派に送り出したのだけは確かでしょ？　だから、後はアーチェさんが決めていいよ？」

そう言われて、じゃあ、とすぐに決められるほど、これは単純な問題ではない。とにかく今一番に考えるべきことは、メルとディオが無事に戻ってこられるかどうかだった。チェスターたちの事はわかっている。しかし、この二人が帰ってくるかどうかは、今のアーチェにはわからないのだ。

「うーん……」

腕を組み、アーチェは唸った。

「アーチェさん、今日は泊まってゆっくり考えたら？　前の時と違って、移動する日にちも場所も、こんどはディオが自由に決められるから、別に何日たってからでも一緒でしょ？」

「そっか……」

「そうそう。ゆっくり考えなって」

ディオにも言われ、アーチェは少し気分が軽くなった。そうだ。じっくりと考えればいい。なんならチェスターの遺品をひっくり返して、事実関係をつかんでからだって遅くはないのだ。

そうだね、とアーチェは頷いた。

しかしこの時、アーチェは、メルとディオの性格を読み違えていることに、まったく気がついていなかった……。


爆発的な魔法素《マナ》の減少を感じ取れないエルフはいない。

それが、たとえ半分だけのハーフ・エルフだったとしても同じことだ。

その日の深夜、アーチェはフォート邸の客室のベッドで目を覚ますと、なにが起きたのかすぐに理解して部屋を飛び出した。

思ったとおり、屋敷《やしき》の中はもぬけの殻《から》だった。

メルも、ディオも、クルールもいない。

(しまった……)

二人と一匹は行ってしまったのだ――魔法素の減少が、それを物語っていた。

居間のテーブルに残されていた手紙に気がついて、アーチェはそれを開いた。

『アーチェさん、ごめんなさい。きっとアーチェさんは、わたしたちを止めると思うから、黙って行きますね。わたしとディオは、わたしたちがいなかった間、パパとママと支えてくれたアーチェさんに、何かお礼がしたいってずっと考えていたの。その機会がやってきたんだって、すぐにわかったわ。だって、アーチェさんはチェスターさんのことが大好きだもんね！

まかせておいて！　追伸‥そっちの時間で、十分くらいで帰ります。——メル&ディオ&クルールより』

（あの子たち……）

アーチェは、ほう、と息をつくと、手紙を胸に抱きしめた。そして十分は待とう、と考えた。もし、それを過ぎたら自分も時を越えるのだ——手段を選ばず。

4　再会——そして因縁の時へ

「陽《ひ》が暮れたら、それでおしまいだからな、チェスター」

トーティス村の外れで、親友と並んで地平線を眺《なが》めながらクレスは言った。

だが、チェスターは答えない。

このところ口数もめっきりと減った。夢は相変わらず続いているようだ。その上、宣言通りにアーチェは村を出て行ってしまい、それきりだった。

今日は、あれから一週間——《賭《か》け》の最後の日である。

もともと分《ぶ》の悪い賭けなのだ。

アーチェでなくても、百年も昔のことをそうそう憶《おぼ》えていられるはずはない。それでも乗らざるをえなかったのは、チェスターなりに村のことを考えてのことだろう。もしも単身でトールに乗り込んだとしても、その累《るい》は確実に村に及ぶ。

エルフはあちこちの王国に、公表するしないの差はあっても、顧問《こもん》として入り込んでいる。ユークリッド王国とて例外ではない。エルフはクレスたちが過去でしたことを知っている。黙っているはずがない。

それは、この一年半近くの努力を全《すべ》て水の泡にするということだ。

だが彼の煩悶《はんもん》は、クレスにもよくわかった。

チェスターの言う通り、いまのこのトーティス村が、本当に取り戻したかった村でないことはクレスにももうわかっていた。

気のいい雑貨屋のゴーリ親父《おやじ》も、宿屋『やすらぎ』のおばさんも、もういない。建て直した後に住んでいるのは他所《よそ》の土地からきた見知らぬ連中だ。

それでいい、とクレスは思っていた。村があることが大事なんだ、と。今のこの状況は初めからわかっていたことだ、と。時折、虚《むな》しさに襲われることがあっても無理やりに目をつぶった。見知らぬ連中が好き勝手にミントに愚痴《ぐち》をこぼすのを聞きながらも、彼女がいいというので我慢《がまん》した。

だが、本当に欲しかったのは、こんなものじゃなかった。

しかし、一度始めてしまったことだ。無責任な真似《まね》はしたくなかった。それこそ、父が命を捨ててまで守ろうとした人々が住んでいた村の名前を汚《けが》すことになる。

未来で、この村には『ミゲール』と父の名前がつくのだ。

だから、もしメルとディオが来ず、チェスターがトールに乗り込むとしても、自分は残ろうと決めていた。

そして、全力でこの村を守る。それがチェスターとの今生《こんじょう》の別れとなるとしても、互いが選んだ道だ。

後悔だけはしない——そう思い決めていた。

クレスは沈み行く夕陽を見上げた。二人が来るとすれば、レア・バードでこちらの方角からのはずだ。だが燃えるような空には一羽の鳥の姿も見えない。あと十分もすれば、陽は沈むだろう。

ミントは少し離れた場所で、大き目の石に腰を下ろして、同じ様に空を見上げている。

彼女もまた、残ると言ってくれている。一週間考えても、チェスターの考えがいいことなのかどうか、自分の中で結論は出なかったらしい。

「でも」

と昨夜、彼女は夕食の席で言った。

「過去に囚《とら》われて、いま大事にしなくてはいけないものを失うのは……それは、間違っていると思います」

ミントが言っているのは、アーチェのことだろう。それと同時に、

(僕と、チェスターのことでもあるんだろうな)

ともわかった。

(メルとディオは、ここまでわかっていて、それで黙っていたんだろうか？)

わからなかった。もしも今日来なければ、一生わかることはないだろう。

そして、もう時間はない。

（ああ……陽が沈む……）

太陽は、頭のほんの僅《わず》かを残すだけとなり、そして……それも、ついに完全に森の向こうへと消えた。空を焦《こ》がしていた炎は消え、その代わりに星を引き連れた夜が、東から波のように押し寄せ天を覆《おお》った。

それでも、チェスターは空を睨《にら》んでいた。

「時間だ、チェスター」

「…………」

「約束だ。あきらめてくれるよな」

「……先に帰るぜ」

それだけを言うと、チェスターは踵《きびす》を返した。

「チェスター！　それじゃ答えになってない！」

だが、彼は応《こた》えず、振り向くこともなかった。

「……クレスさん」

いつのまにかミントが傍《そば》に来て、そっと二の腕に掌《てのひら》を置いた。

クレスは、無言で彼女の手に自分のそれを重ねると、チェスターの背中が闇《やみ》に溶けて見えなくなるまで、その場を動かなかった。

薄暗くなった村の中をチェスターが行くと、誰もがぎょっとしたように道を譲《ゆず》ったが、そのことに、彼自身は少しも気がついていなかった。

(すまねえ……やっぱり俺は、あきらめきれねえ)

その思いだけが、頭の中を嵐のように吹き荒れていた。

もしも自分が旅立ったとしても、クレスが本気で子供たちを追い出すはずはなかった。そんな人間なら、とっくに見限っている。あれは彼なりの、慣れない脅《おど》しだったとわかっている。それでもあえて乗ったのは、全《すべ》て丸く収まる路《みち》があるかもしれない、という都合のいいことを考えたからだ。

——だが、そんなものはやはりないようだ。

メルとディオは来なかった。つまり、時を越えるのに彼らの使っている《道》を使うことは出来ない、ということだ。ならば《トール》の機械を使うしかない。

双子が来なかったことについて、当然だがアーチェを責める気はなかった。前に来た時に、双子が時空の在《あ》り方について黙っていたことも同じだ。自分で何も聞かなかったのだ。それがいかに重要な意味を持っていたかなど、あの二人にわかるはずもない。

(ベネツィアに出て、そこから船だ。荒くれ連中の所の……そうだな……密輪用の小型の快速船を雇うか。どこに行けばそういう連中に会えるかはわかってる。金さえ出せば、どこへだって行くってやつらだ。肝心《かんじん》の、その金がねえが……エルフのお宝の話でもでっち上げて誤魔化《ごまか》すか、力ずくだな）

後者の方が手っ取り早いと思えた。元々、口が立つ方ではないのは自覚している。お宝の話は考えてみただけだ。

橋の上でふと立ち止まり、チェスターは明かりの灯《とも》っている我が家を見た。カーテンが引かれた窓の向こうで、小さな影が見え隠れしている。ただの影なのに、一人一人がはっきりとわかった。

途端に、ぐらり、と決心が揺《ゆ》らいだ。

（本当にいいのか？）

誰かが胸の中で問うてくる。

しかし、チェスターは頭を振ってその声を追い払った。そして夢を思い出した。腕の中の、冷たく、そして固くなった体を思い出した。小さな体をシーツに包み、穴を掘り、土をかけた日のことを思い出した。

（知らなければ、あきらめたまま生きていけた。だが知っちまったんだ。もう二度と、あいつを殺させるわけにはいかねえ）

子供たちには黙って出かけよう、とチェスターは決めた。話したところで、わかってはもらえないだろう。クレスなら——あるいはミントなら、適当に何か理由をでっち上げてくれるかもしれない。

チェスターは再び歩き出し、橋を渡り家の前に立った。中からは賑《にぎ》やかな声が聞こえてくる。深呼吸をし、それから取っ手を引いた。

「いま、帰った——おわ！」

中に入った途端、どん、と体ごとぶつかられ、チェスターは思わずバランスを崩し、扉で背中を支えることになった。

こんな悪戯《いたずら》をするのはリックスに違いない、と叱《しか》り飛ばそうとして手元を見て、チェスターは首を捻《ひね》った。

そこにあったのは、少し固そうな先の跳《は》ねた銀髪の頭だった。こんな色の髪の子供は、家にはいなかったはずだ。服も見慣れないものだ。上着は緑を基調にして黄色と黒のラインが首から腕にそって走っている。ズボンは一昔前の海賊のように裾《すそ》が太い。

と、その子供が、ひょいと顔を上げた。

「あっ！」

声を上げたのはチェスターの方だった。

「兄貴、ひっさしぶり！」

「まさか、おい……ディオ、か⁉」

すると、正真正銘《しょうしんしょうめい》のディオは、ひょい、と後ろに一歩下がって、くるりと回って見せ、

「他の誰に見えるって言うのさ」

と鼻を擦《こす》った。

「厳密には、別人なんですけどね」

そう言ってキッチンの方から現れたのは、ディオの服によく似たそれを着たメルだった。

「おまえたち、一体……」

「なに言ってんだよ。兄貴がオレたちを呼んだんだろ？　だから来たんじゃないか」

「そうですよ。——伝言、ちゃんと聞きました」

チェスターは目を白黒させた。来なかったとばかり思ったメルとディオがいて、そればかりか、部屋の隅にはレア・バードが翼を畳んだ格好で置いてある。

「お、おい、あれは……」

「あ！　ごめん兄貴！　ちょっと飛び出すところを間違えちゃって、家の天井にバーンって出ちゃったんだ。——でも大丈夫！　誰にも見られなかったからさ！」

「いや、その、俺が聞きたいのは、そういうことじゃなくてだな……」

チェスターは、なんと言っていいのかわからなかった。そんな彼の様子に、ディオは腕を組むと首を傾《かし》げた。

「どうしたんだよ、兄貴。嬉《うれ》しくないのかよ」

「い、いや、そんなことは……」

「チェスターさん、クレスさんたちはお家の方ですか？」

「え？　あ、ああ……あ、いや、クレスなら村の外れにいる。けどたぶんすぐ帰ってくるんじゃねえかな」

「じゃあ、あたし、挨拶《あいさつ》してきますね？——ディオはどうする？」

「オレはここにいる！　クルールも残るよな！」

「くるーるー！」

エドとカートの双子の兄弟に、のしかかられていた見慣れない緑のクッションが動いたかと思うと、顔を上げてそう鳴いた。

「それじゃあ、ちょっと行ってきますね？——メグ、またあとでね！」

メルがそう声をかけると、キッチンのほうからメグが顔を出した。

「うん！——あれ、チェスター兄さん、お帰りなさい」

「お、おう」

メルは、チェスターの脇《わき》をすり抜けながら、

「……夕食の後で、クレスさんの家で」

とこそっと囁《ささや》いて出て行った。

「よーしっ！　続きだ続き！　さあ、かかってこい、リックス！」

「負けねえぞ、ディオ兄ちゃん！」

呆然《ぼうぜん》としているチェスターの前で、男の子たちは取っ組み合い遊びを始めた。

その間を、クルールがうきゅうきゅ言いながら転げ回り、女の子たちはそんなクルールを追い掛け回した。

メグは、あきれたようにキッチンに引っ込んでしまい、チェスターは軽い目眩《めまい》を覚えた。

（どうなってんだ、こいつは……）

何がなんだか、さっぱりだった。喧騒《けんそう》の中で、自分がひどい間抜けになったような気がして、チェスターは扉に寄りかかると、大きなため息をついた。


「つまり、君たちは……僕たちが会ったメルとディオじゃなくて、生まれ変わったメルとディオ……そういうことでいいのかな？」

クレスの言葉に、双子は大きく頷《うなず》いた。クルールは二人の足元で丸くなって寝息を立てている。夜も遅いから仕方ない。メグたちも今頃は夢の中だろう。

「でも、魔法は使える？」

「はい」とメル。「どうしてかわからないんですけど、全部そのままなんです。記憶もあるし」

「師匠《ししょう》！　だから、俺たち来られたんだぜ？　ノルンはどっか行っちまったし、トールは動くんだか動かないんだかわかんないし、そうじゃなかったら来られなかったよ。《ダオス》になりきって《時空転移》をするなんてすげえだろ？」

「すごいっていうか……」

クレスはミントを見て苦笑し、ミントもちょっと困ったような微笑《ほほえ》みを浮かべ、

「びっくりです、ね……」

と呟《つぶや》いた。しかし、チェスターはすっかり自分を取り戻した様子で、たん、と机を叩《たた》くと、皆の視線を集めた。

「とにかく、これで《賭《か》け》はオレの勝ちだな？」

するとクレスは、首を振った。

「それは違うぞ、チェスター。肝心なのは、《質問》の方だろう？」

彼は、すっかり忘れていた、という顔だった。

「……そうか……そうだったな」

目をしばたたき、チェスターはメルとディオを向いた。《質問》が、何のことかはわかっている。メルはゆっくりと頷いた。

「皆さんには未来のことだから、詳《くわ》しくは言いませんけど……チェスターさんも、クレスさんも、ミントさんも、この村にこのあともちゃんといます——それは確かです。だから《軸移《じく》動》は起こらなかったと思います。未来の他の事は聞かないでくださいね？　時空の在り方は

知っていますけど、むやみに枝を伸ばしてユグドラシルの負担を増やしたくはないですから……」

メルの言葉にミントは、同感です、という風に頷いた。

「チェスターさん?」

「ああ、約束する。俺はアミィが生きている歴史を作りたいだけだ。それ以外はいらない」

メルは頷き、そうしてディオを向いた。

「ディオ、いいんじゃやない?」

「おう!」

ディオは元気よく言うと、《なりきり師》の基本コスチュームの腰についたポシェットから、小さなカプセルを取り出し、それをテーブルの上に置いて、パチン、と指を鳴らした。

途端カプセルは煙を発して、その中から一振りの剣が現れた。

「これはっ――!?」

クレスが驚いたように目を瞠《みは》った。

その剣は、刀身は氷のように冷たく輝き、その中央で炎のような赤い光がゆっくりと剣先から柄《つか》の間を上下していた。

「まさか、エターナルソードかっ!?」

「正解!――ここへ来る前に、ちょっとクラースさんとこに行って借りてきたんだ」

「よく貸してくれたなあ……」

クレスは懐《なつ》かしげにため息をついた。

「渋《しぶ》ってたんだけどさ」

ディオは、ひひひと笑い、メルはちょっと顔を赤らめて天井を見るようにした。

「クラースさんの大事な『本』の隠し場所を、ミラルドさんに言っちゃおうかなーって言ったら、すぐに貸してくれたぜ」

「大事な『本』て……」

クレスはチェスターと顔を見合わせた。

「ひょっとして……『あれ』か？」

「クレスさん、チェスターさん、『あれ』って……？」

するとクレスは僅《わず》かに顔を赤らめて、あのっ、そのっ、と言って結局説明できず、

「と、とにかく『大事な本』なんだ」

「そうですか……クラースさんがそんなに大事にしている本なら、旅の間に一度見せてもらえばよかったです」

「いや、ミントは見ないほうがいいと思う……」

「そうだな。そのほうがいいな」

「どうしてですか？」

あくまで真面目《まじめ》なミントに、クレスは弱りきった様子だった。それを面白く思いながら、ディオは助け舟を出した。

「ま、いいじゃん、ミント姉ちゃん。とにかくクラースさんは、快《こころよ》くこの剣を貸してくれたんだからさ」

「はあ……」

「そ、そうだよ、ミント。いま大事なのは、この剣がここにあるってことさ！」

ミントは、なんとなく納得していないようだったが、それでも、そうですねと言った。

クレスは、本当に『助かった』という顔をした。

「ありがとう、メル、ディオ。これで僕たちだけでも過去に行くことが出来るよ。《トール》を守護しているエルフたちと戦わないですむし、本当に助かる」

「え？　なに言ってんだよ師匠。オレたちも行くぜ？」

「いや、そんなことまでさせられないよ」

だが、ディオは腕を組むと、首を振った。

「だーめ。だって、その剣はオレが借りたんだぜ？　クラースさんにちゃんと返すって約束したんだ。師匠を信じないわけじゃないけどさ、師匠ってちょっとうっかりな所あるだろ？　なくされたりしたら困るんだよなあ」

クレスは、まさか、と笑った。

「ディオの言ってることは冗談ですけど」とメル。「でも、わたしたちもついて行った方がいいと思います。《時空転移》に関しては、こう言うとなんですけど、私たちの方がずっと経験豊富ですから」

「そうそう。こればっかりは、オレたちのほうが《師匠》ってことだよな」

ディオは、鼻を膨《ふく》らませて嬉しそうに言った。

クレスは、ミントとチェスターを向いた。

「どうする……?」

「わたしは反対です。もし何かあったらどうするんですか?」

「俺もだ。こいつらをこれ以上巻き込みたくはない」

チェスターはそう言って首を振った。

「それよりも、戻るまでの間、ガキどもの相手を――」

「兄貴、なに言ってんだよー。オレたち、時間を自由に移動できるんだぜ? 行って帰ってきたって、何分も経《た》ってないって。それに、巻き込みたくないって言うなら、最初からこんなこと考えるなよな」

ディオの指摘《してき》に、チェスターは口をつぐんだ。もっともだ、と思ったかどうかはわからないが、確かに勝手な言い分だった、とは思っているようだった。

ディオは、最後はちょっと余計だったかなと反省した。メルも同じ考えだったのか、お仕置き程度には強く、肘《ひじ》で彼の脇腹を突いた。

「チェスターさん、気にしないで？　正直言うと、今度のことは、チェスターさんたちのためにしていることじゃないですから——他の、わたしたちがすごく恩を受けた人のためにしていることですから。だから最後まで、皆さんがちゃんとこの時代に帰ってくるまで、全《すべ》てを見届けたいんです」

「それって……」

誰？　と聞きたそうにしたクレスに、メルはくちびるの前に指を立てて、淡く微笑んだ。

「ないしょです♥」

「ぶえっくぃしょい！」

誰もいないフォート家の居間で、アーチェは毛布に包まって鼻をすすった。

そうして、ポケットから懐中時計を取り出すと、蓋《ふた》を開いた。

「……あと、八分」

「二人は寝た？」

居間に戻ってきたミントに、クレスがそう聞くと、彼女は、ええ、と頷いた。

「もうぐっすり。特にディオくんのほうはあっという間でしたよ。きっと、疲れていたんですね」

「じゃあ、出発を明け方にしたのはやっぱりよかったんだね」

「ええ、そう思います。……あの、チェスターさんは？」

「一旦《いったん》、家に戻ったよ。準備をしてくるって」

そう言ったクレスも、先程からずっと、エターナルソードを矯《た》めつ眇《すが》めつしていた。氷の剣・ヴォーパルソード、炎の剣・フランヴェルジュ、そしてダイヤモンドの指輪を合成して作られたこの剣は、時間と空間を操ることが出来る。ダオスを倒すことが出来たのは、《時空転移》をこれで封《ふう》じたからだ。そうでなければ、時の終わりまで延々と、追いかけっこをする羽目になっただろう。

まさか、もう一度、手にする日がくるとは思っていなかった。

いい剣を前にすると昂揚《こうよう》感が沸《わ》き立ってくるのは、剣士の性《さが》、というものだろうか？　それにひどく安心する。手に馴染《なじ》む柄の感じも、ずっしりとした重みも。

クレスは、自分たちの心の弱さを知っていたからこそ、これをクラースに預けた。

それは正解だった。

もし、これが手元にあったら、チェスターはおそらく何の相談もなく出かけていたに違いない。置き手紙くらいは残していっただろうが、それだけだ。

忍び難いが、今度のことが済んだとき、この剣はきちんと返そう、とクレスは誓った。おそらくクレスが手元に置いておきたいと言えば、クラースはそれを許してくれるだろう。だが、ここにあれば、また使いたくなってしまうかもしれない。

「はい、クレスさん」

ふわりといい香りがして、コーヒーが目の前に出された。

「あ、ありがとう……」

「眉間《みけん》に皺《しわ》がよってますよ？」

ふふふ、と笑ってミントも椅子に座ると、つん、とそこを指で突いた。

「ほんと？」

「本当です。もう、さっきから、こーんな……」

ミントは真似《まね》をして、思い切り眉間に皺を寄せてみせた。なぜか目までが寄っている。そればかりか、少しだけくちびるも突き出している。思わずクレスは吹き出してしまった。

「あ、笑うなんてひどい、クレスさん」

「ご、ごめん……」

クレスは、エターナルソードを鞘《さや》に収めるとテーブルに立てかけた。ミントも微笑み、カップを包むようにして、こく、と少し苦めのコーヒーを飲んだ。その手が少し震えているのを、クレスは見逃さなかった。

「……まだ、怖い？」

ミントはカップを置くと、小さく頷いた。

「正直、怖いです。自分たちのために、歴史を一つ作ってしまおうとしているんですから……本当に、いいんでしょうか？」

「……わからないな」

クレスは、背もたれに体を預けてうつむくようにした。

「ミント……残ってもいいんだよ？　僕はもう心を決めたけど、まだ迷っているなら君は無理をすることはない。——大丈夫、メリルおばさんもしっかり助けるから」

ミントは口を開きかけ、しかし言葉を飲み込んだ。

「夜明けまではまだ時間がある。少し寝て目が覚めて、そのときに決めてもいいんじゃないかな？」

「……はい」

クレスはコーヒーを飲み干すと、剣を手に立ち上がった。そうして、ミントの後ろに回ると、その細い肩に手を置いた。

ミントは自分の手をクレスのそれに重ねると、優しくさするようにした。

「おやすみ、ミント」

クレスは手を離すと、出て行った。

静かに、扉が閉まる。

するりと抜けていってしまった手を、ほんの少し寂《さび》しく想《おも》いながら、ミントは、自分が本当はどうしたいかを考えた。


チェスターは、普段は季節外れの服などを入れてちょっとした腰掛けに使っている大き目のボックスの奥から、木箱をひとつ取り出した。箱には丈夫そうな錠《じょう》がついている。箱を手にベッドに戻ると、ポケットから鍵《かぎ》を取り出し、鍵穴に差し込んで回した。錠を外し、蓋《ふた》を開く。

中には、弓が収められていた。

木製で、握り部を中心にした上下の腕には、対称の形を描くようにみずみずしい緑の蔦《つた》が絡《から》まっている。持ち上げると、その大きさにもかかわらず嘘《うそ》のように軽い。

チェスターは、弦《げん》を張ると、具合を確かめた。

封印《ふういん》して特に手入れもしていなかったのに、まるで製作されたばかりのようだ。それでいて、長年使っていたかのようにしっくりと手に馴染む。

《エルヴンボウ》――この得物《えもの》を得意とするエルフ族が造った、史上最強の弓である。

この弓自体に何らかの魔術がかかっているのか、その威力《いりょく》はすさまじく、これを使って狩りをしようものなら、放った矢は獲物《えもの》を突き抜け、体には売り物にならないほど巨大な穴が穿《うが》たれてしまう。

なにしろこれは、ドラゴン族の硬い表皮すらやすやすと貫《つらぬ》く威力を生み出すのだ。

（人間の作った大量生産品の鎧《よろい》なんざ、紙と同じだぜ）

チェスターは、ぐんと弦を引いた。その手ごたえは、あらゆる迷いを吹き飛ばしてくれる。これがあれば、正確に兜《かぶと》の格子《こうし》を射抜かなくてもすむ。普通に獲物を狩るように、急所を目掛けて射ればいい。

チェスターの目には、いまやはっきりと、ひょろりとした長身の騎士の姿が見えていた。もはや、ただの夢だとは思えなかった。

あの騎士は必ずいる――それは確信だった。理由や原因など知ったことではない。あの騎士は村を襲った連中の中にいて、そして、アミィを殺したのだ。命乞《いのちご》いをしろ、とサディスティックに迫り、それを拒否されると剣を突き立てたのだ。

夢は、そこまで遡《さかのぼ》って、チェスターにその様子を見せていた。

（今度は、絶対に護《まも》ってみせる……）

エルヴンボウの弦を外し、元通りに箱に戻すと、チェスターは蓋を閉めた。だが、今度は鍵はかけなかった。

弓箱を腿《もも》の上に載《の》せ、チェスターはその上に肘《ひじ》を乗せて掌《てのひら》を組んだ。そうして、指を噛《か》むようにしながら、ただ静かに壁を見つめた――黒い染みの残る、古い木の壁を。

……夜明けまで。

「おはよー……」

眠い目を擦《こす》りながら《ダオス》の格好をしたディオが、メルに連れられて居間に行くと、そこではクレスたちが揃《そろ》って待っていた。その彼らの格好を見た途端、ディオの眠気はいっぺんに吹き飛んだ。三人は完全な戦支度《いくさじたく》だったのだ。

クレスの腰にあるのは、もちろん《エターナルソード》だ。そしてミントが持っているのは、飾りにきらめく☆がついた《スターロッド》。チェスターは矢筒を肩に負って、大きな木箱を手にしている。

「兄貴、それは？」

「おう、《エルヴンボウ》だ」

「すげえ！　本物だ！」

すっかり興奮するディオに、メルは後ろから近づくと双子の弟の頭をぽかりとやった。

「あんまり、はしゃぐんじゃないの」

「ってえなあ……」

「もう、男の子ってどうしてこうなのかしら」

しょうがないんだから、という様子を全身で表すメルを見て、クレスたちは微笑《ほほえ》んだ。旅立ちの朝としては、何もかも穏《おだ》やかだった。

「よう、ディオ。そのダオスの衣装《いしょう》、よく出来てるじゃねえか。思い出したくもねえ顔が蘇《よみがえ》るぜ。メルが作ったのか？」

「ちがうよ、オレさ！　へへっ、器用だろ？　《なりきり師》たるもの、自分の衣装くらい自分で作れなきゃな」

「昔は作れなかったくせに」

ぽそり、とメルが呟《つぶや》く。

「いーじゃんかよ！　昔は昔、今は今！」

「じゃあ、いまはダオスになりきっているのかい？」とクレスは訊《き》いた。

「まーね！　ダオスレーザーとか、撃ってみようか？——ダ・オ・ス・レ・ー」

「やめなさい」

またディオはメルに頭をぽかりとやられ、その拍子《ひょうし》に舌を噛《か》んで、呪文《じゅもん》の詠唱《えいしょう》は途切れた。

「ってえなあ……冗談じゃんか」

「練習だ、とか言って、裏山に《エクスプロード》をぶちかました人の言うことなんか、信用できないわよ」

「おいおい、そりゃ洒落《しゃれ》になってねえぞ、ディオ」

「なんだよ……ちょっと山の形が変わっただけじゃんか……」

ディオは、しばらくぶつぶつ言っていたが、そんな彼の前に、茶色い防水紙で包まれた小さな贈り物が差し出された。きょとんとして受けとる。

「それで、こっちは、メルちゃんの分。お弁当よ？　あとで食べましょうね？」

ディオは、顔をぱっと輝かせた。

「あ！　もしかして、サンドイッチ？」

「ええ」

「やったあ！　あんとき食ったのもおいしかったよなあ、メル！」

前に来た時、ミントは、マクスウェルの待つ塔《とう》へ向かう二人に、同じ様にお弁当を作ってくれたのだ。

「うん。——そうだ、ミントさん。ディオったら、ミントさんのサンドイッチを、家に帰ったら『聖女のサンドイッチ』って名前を付けて売ろうとか言ってたんですよ？」

「まあ……」

「メル、ばらすなよ！」

慌《あわ》てるディオに、チェスターはちょっと意地悪な笑顔をみせた。

「おい、ミント。こいつは問題だぜ？　アイデア料と名前の使用料をきっちり取ったほうがいいな」

「あ、兄貴ー」

情けない顔になったディオを見て、皆はもう一度笑った。クルールまでもが楽しそうに、鳴きながら飛び跳ねたり耳を激しく動かしたりした。

「それから、これはクレスさんとチェスターさんの分」

ミントは、ディオたちに渡したものより、少し大きめの包みをクレスたちに渡した。

「ありがとう、ミント」

「助かるぜ」

ミントは、いいえ、と微笑んだ。クレスは、包みを大事そうに革袋の一番上に入れると、それから彼女を真っ直《まっす》ぐに見つめた。

「……いいんだね？」

「はい。お母さんを救うなら、この手でやりたいと思います」

「わかった」

クレスは、一同をぐるりと見た。

「僕たちは、これから四三〇四年に、あの日に戻る。昨日の夜に話したとおり、僕とチェスターはトーティスに、ミントとメルとディオ、そしてクルールは、ミントの家にそれぞれ《時空転移》して《黒騎士団》を撃退する。——いいかい？　メル、ディオ、殺しちゃダメだぞ。追い払えばいい。……守れるか？」

「わかりました」

「師匠のいいつけじゃ仕方ねえや」

クレスは、大きく頷《うなず》く。

「連中を追い払ったら、ミントたちは、そのままそこで僕らが行くまで待っていて欲しい。いいね？」

「はい」とミントは答えた。「待っています」

「メル、ディオ、くれぐれも無茶はするなよ？——クルールも頼むよ？」

「うきゅっ！」

任せておけ、とでも言うように、クルールは短い腕で白いおなかをぽんと叩《たた》いた。

「よし、行こう——」

クレスは、腰の鞘《さや》からエターナルソードを抜くと、天井に向かって掲《かか》げた。

ディオも、精神の集中を始める。メルとミント、それにクルールは、ダオスの姿をした彼の傍《そば》に寄り添うようにした。

チェスターは、クレスの荷物を持って、彼の傍に立った。

「剣よ！　我が声に応《こた》え、我が望みの時空へ、我らを運べ！」

エターナルソードは、目が眩《くら》むほどの光を放ち、それはやがて部屋を圧して、まるで、もうひとつの太陽が現れたかのようだった。

そうしてそれが消えた時、部屋の中には誰の姿もなかった。

5　家族

光が消えた時、目の前には森が広がっていた。

クレスとチェスターは、暖かな空気を肌に感じ、鮮やかな緑の木々を見た。葉の匂《にお》いが強い。嗅《か》ぎなれた森の匂いだ。その中に微《かす》かに雨の匂いが混じっている。空を見上げると、雲が厚くなりつつあった。太陽はまだ雲の向こうにぼんやりと見ることが出来たが、じきに隠れてしまうだろう。

不意に右手の方で鐘《かね》の音が鳴り響いて、二人は、はっと体を硬くした。

しかしそれは、朝の訪れを告げる鐘だった。

チェスターは苦笑した。

「……ったく、脅《おど》かすなよ。また間に合わねえのかと思ったぜ」

クレスは何も言わなかったが、吐いた息の様子から同じ思いだったのがわかった。

「あと三時間、ってとこか。ここは南の森だよな？——どうする？」

「とりあえず、腹ごしらえをしておこう。それから僕らの家が見える場所まで移動して、僕らが狩りに出かけるのを待とう」

クレスはエターナルソードを鞘《さや》に収めると、チェスターから自分の荷物を受け取り、迷いのない様子で歩き出した。当然だった。二人ともこの森は熟知《じゅくち》している。狩りをし、修行をした。クレスとチェスターがお互いを認め合うきっかけになった事件があったのもこの森だった。

(ここをもう少し行けば、少し開けた場所に出る……)

木々の間を抜けると、記憶の通り、そこは小さな広場のようになっていて、テーブルに丁度《ちょうど》いい大きな切り株と、椅子《いす》にピッタリの石が半分顔を出して埋まっていた。

「そういえば、ここだよね」

「ああ」とチェスターは頷《うなず》いた。

クレスが何を言いたいのかはすぐにわかった。

ここは、かつてチェスターが村を裏切りそうになった、その場所なのだ。村に来たばかりの頃、ユークリッドにいたときの知り合いの悪党に半ば脅迫《きょうはく》され、村が王都に納める税金を載《の》せた馬車を襲おうという計画に、チェスターは加担しかけていた。

そのときクレスが現れ、チェスターを信じ、手を差し伸べてくれた。

チェスターは、その手を取った。

悪党たちは、二人がかりで片付け、縛《しば》り上げて匿名《とくめい》で役人に突き出した。

(あれが、俺の人生の分かれ目だった)

つくづくそう思う。

クレスにはいくら感謝しても足りない——絶対に口には出さないが、チェスターはそれを常に思っていた。

それが、あの時の——地下墓地で法術師モリスンの《時空転移》の詠唱《えいしょう》が間に合いそうもなかった時の、我が身を捨ててダオスにタックルをするという無謀《むぼう》とも思える行為に、チェスターを駆り立てたといえた。

クレスとミントは過去へ跳《と》び、チェスターとモリスンは怒れる魔人の前に、為《な》す術《すべ》もなく残された。

だが、チェスターはクレスを信じていた——そして、それは裏切られたことはなかった。

(そいつも、絶対とは言わねえけどな)

チェスターはエルヴンボウが入った木箱を脇《わき》に置くと、自分の分のサンドイッチを取り出して包みを開いた。ちらりとクレスを見ると、彼はすでに膝《ひざ》の上で包みを開いて、嬉《うれ》しそうにサンドイッチを食べていた。

「そんなにミントの手作りが嬉しいか？」

「えっ！　な、ななな、なに言ってんだよ！」

「思いっきり顔がにやけてたぜ」

「そ、そんなことないだろっ？　でも仮に僕がニコニコしてたとしたら、それはこのサンドイッチがすごくおいしいからで――」

　必死に言い訳するクレスの声を聞きながら、チェスターはミントのサンドイッチをゆっくりと食べた。

　確かにそれは、クレスでなくとも微笑《ほほえ》むほどにおいしかった。


「あれが、ミントさんの家？」

　山の中腹の、深い森の中に少しだけ開けた場所に、それは建っていた。平屋で家というよりは、猟師たちが臨時に泊まる山小屋のように見えた。

（思ってたより、全然小っちゃいんだ……）

　というのがメルの正直な感想だった。メルの時代、法術師の本部はミゲール（旧トーティス村）にあり、ユークリッドを凌《しの》ぐほどの一大宗教都市となっている。最高司祭は、お城のような教会で何人もの弟子たちに傅《かしず》かれて暮らしている。その祖ともなったミントの実家のことは、残された記録は皆無だったが、いくらなんでも自分たちの家より小さいということはないだろう、と漠然《ばくぜん》と思っていたのだった。

　しかし、ミントははっきりとここが実家だと言った。

「懐《なつ》かしいわ……もう一度、この家を見られるなんて思ってませんでした」

「え？　だって、帰ればいつでも見られるんじゃないんですか？」

「そうですけど……ひどく壊されてしまいましたから」

「あ……」

メルは不用意なことを言った自分を恥じた。そんな彼女の肩を包むように、ミントは優しく手を置いた。その手は気にしないで、と言っているように思えた。

「どうでもいいけど、腹減ったよ、オレ……」

「くるーるー……」

「もう、ディオったら！」

ミントはくすくすと笑った。

「それじゃあ、この近くにお父さんが使っていた観測小屋があるから、そこに行きましょうか。あそこなら誰も来ないし家もよく見えるから」

「近いの？」とディオ。

「ええ、すぐですよ——こっちです」

ミントが先に立って歩き出し、メルたちはそのあとをついていった。

森の中を行くのは《なりきり師》の衣装《いしょう》のメルはなんでもなかったが、ディオの方は《ダオス》の衣装の、二重になったマントの裾《すそ》があちこち枝に絡《から》んで、そのたびに、うわ、とか、もう、とかぶつぶつ言っていた。

しかし苦労の末に森を抜け、やがて開けた景色にはディオも感嘆《かんたん》の声を漏《も》らすことになった。

目の前には広大な眺望があった。右手の方には深い森が広がり、その中にあって、ひときわ巨大な樹《き》がまるで瘤《こぶ》のように顔を出していた。少し北には小さな集落が見える。その集落のまったく反対の斜面の下には芥子粒《けしつぶ》ほどの大きさの家が一軒、ひっそりと建っていた。他にもところどころに数件の集落があった。空を見上げれば雲が近く、手を伸ばせば摑《つか》めてしまいそうだった。

ミントが傍《そば》に来て、森の北の集落を指差した。

「あそこが、トーティス村よ」

メルとディオは頷いた。一目でわかっていた。二人はこの景色をもっと高みから、レア・バードの機上からすでに見ている。それでもこうして山の上から見る景色は、やはり雄大だった。

三人と一匹は、ミントの父親が使っていたという観測小屋に向かった。

鍵《かぎ》がかかっていたが、鍵には隠し場所があって、ミントは雨樋《あまどい》の一角からそれを取り出すと、少し錆《さ》びた錠《じょう》を外した。

中に入ると埃《ほこり》っぽく、古い本の臭《にお》いがした。

「パパの部屋と同じ臭いがするな、クルール」

「うきゅきゅ」

メルも中に入ると、圧迫感があるくらい狭い小屋の中を見回した。

「ほんとパパの部屋みたい……ミントさんのお父さんは何をしてたんですか？」

「よくは知らないんですけど、星の観測をしてたみたいです」

「へえ……」

確かにそれらしい書名の本がずらりと並んでいる。そして天井に近い場所には、ひと抱えもありそうな天体望遠鏡が放って置かれたまま埃をかぶっていた。

「ねえ、ミント姉ちゃんの父さんって、どんな人だった？」

「知らないんですよ。お父さんが亡くなったのは、わたしが生まれる前のことだから」

「ディオのばかっ！」

「ご、ごめん」

すると、ミントは柔らかく微笑んだ。

「気にしないでディオくん。——それよりほら、ここからだとわたしの家がよく見えるでしょう？」

確かにその通りだった。

家ばかりではない。その周辺の様子も手に取るようにわかる。家の周辺は刈り取られたように開けているが、その周囲は森だ。さっき通ってわかったが意外と背の低い樹も多い。

ディオは、腕を組んでしばらくじっと何かを考えていたが、

「ミント姉ちゃん。連中はどんな格好をしてた？」

「黒い甲冑《かっちゅう》姿でした。よく憶《おぼ》えてます」

「フルアーマー？」

「ええ」

「人数は？」

「確か……十人くらいでした」

「ふうん……」

「なあに、ディオ？　なんかいいこと思いついたの？」

　するとディオは、にやりとした。

「まあね。師匠《ししょう》の命令は『連中を殺すな』だったろ？　そのほうがずっと難しいけど、ま、何とかなりそうかな」

「どうするの？」

「それは――」

　ディオが、作戦について説明しようとした時、

「あっ！」

　とミントが声を上げて、全員が彼女の方を振り返った。

　ミントは開けっ放しの扉から外を見ていた。手袋をした手で口を押さえ、その肩は小さく震

えていた。――と、見る間に、大きな瞳《ひとみ》に涙が盛り上がり、そうしてこぼれた。

「う、うわ、なに？　なに？」

突然の涙に、ディオは大いに慌《あわ》てたが、メルはミントの視線を追って、その原因に気がついた。

小屋の裏手に女性が現れて、桶《おけ》の水をまくようにして捨てていた。長いブロンドを後ろでまとめて、白い簡単なつくりの服を着ている。彼女は桶を下に置くと大きく伸びをして、それから軽く腰を叩《たた》いた。

「お母さん……」

くぐもった声を聞くまでもなく、彼女こそがメリル・アドネードだとメルにはわかった。それほどまでに二人の面差《おもざ》しは似ていた。家の裏口の扉が開いてメリルは振り返った。そこには、ミントが――十八歳のミント・アドネードが法服姿で少し照れたように立っていて、メリルは傍に行くと彼女をそっと抱きしめた。

「お母さん……お母さん……」

ミントは膝をつくと、母の姿を見つめながらはらはらと涙をこぼし続けた。

双子はただ、その姿を見ていることしか出来なかった。

「ごめんね、二人とも」

すん、と鼻をすすってミントは微笑んだ。目が赤く腫《は》れている。

サンドイッチを齧《かじ》りながらディオはぶんぶんと首を振った。また、いつ泣き出すんじゃないか、とびくびくしているのがわかる。きっと味も何もわかっていないだろう。

「ちょっと思い出しちゃった。今日はお母さんに初めてこの法服を着ることを許された日だったんです。とても嬉しくて、大急ぎで着替えて、それで本当に一分も待てなくてお母さんに見せに行ったの」

それが、さっきの場面だったというわけだ。

「そのあとも汚れるから脱ぎなさいって言われたのに、ずっと着てて……あとはみんなの知ってる通り」

そうして親子は捕らえられ、メリルは拷問《ごうもん》の末に殺害されることになるのだ。

ディオはサンドイッチを口の中に放り込むと、ほとんど飲み込むようにして、

「大丈夫だよ、ミント姉ちゃん！　今度はそんなことにはならないぜ！」

と握り拳《こぶし》を作って力説した。

「なに妙に張り切ってるの、ディオ？」

「うっせえな！　何が妙なんだよ！　オレたちは、そのためにここにいるんだろ！」

「そりゃ、そうだけどさ」

するとミントは手を伸ばして、ディオの拳を包むように握った。

「ありがとう、ディオくん」

ディオはたちまち赤くなった。本当に真っ赤だ。メルはピンときて、目を細めた。

（なんだ、そういうこと……）

要するに、ディオはミントにいいところを見せたかったのだ。

（子供ね）

メルはふっと微笑んで、ディオに気付かれないほど小さく肩を竦《すく》めた。

そのとき、それまで寝ていたクルールの耳がぴんと立って、麓《ふもと》の方へ真っ黒な瞳を向けて動かなくなった。

「きゅ……」

双子はすぐに事情を理解した──誰かが近づいてきているのだ。そしてこの場合、それは《黒騎士団》の連中でしかありえない。

「ミントさん、来ます」

「はい」

ミントは、スターロッドを強く握り締めた。

「ディオ、作戦は？」

「まず──」

すっかり男の子の顔に戻ったディオは、自分の考えを二人に説明し始めた──

（アミィ！）

十七の時の自分に続いて、戸口に現れた妹の姿を見て、チェスターは樹の枝の上で心臓が止まる思いだった。

青みがかった銀髪を耳の上で簡単にまとめ、腰に手を当てて少し怒ったような顔で何かを言っている。十七の自分が何かを言い返す。するとアミィは、しかたないなあ、という顔をして振り返りもしない兄の背中を見送った。

（くそっ！　何で思い出せねえんだ！）

確かに話をしたはずなのに、ただの一言も思い出すことが出来なかった。

アミィは、楽しげな様子で家の中へ戻っていった。

扉が閉まる。

チェスターは、小さく呻《うめ》いた。

「大丈夫か、チェスター!?」

「ああ……」

搾《しぼ》り出すようにそう答えながら、彼の目は妹の姿を求めて家の窓や裏口や庭をさまよった。

しかし、アミィは家の奥にいるのか姿を見せてはくれなかった。

二人はいま、村の外の高い樹の上にいて村を見下ろしていた。ここは、よく二人で登っては

『見張りごっこ』をした場所だ。ここからなら村が一望でき、その上、街道の方も見渡すことができる。

村の様子はいたって平和で、あと一時間足らずで壊滅《かいめつ》するとは、到底信じられなかった。

だが、それが事実なのだ。

「母さん……」

クレスが小さく呟《つぶや》いた。

その声は震えていた。——そうだった。あの時、マリア・アルベインは、家を出たクレスを追って戸口まで出てきたのだ。

十七のクレスは、マリアと一言二言会話を交わすとチェスターと連れ立って駆け出した。橋を過ぎ、子供とぶつかりそうになりながら広場を走る。楽しげな顔がはっきりと見えた。まだ何も知らない、ただ毎日が幸せな人間の顔だった。

ふと、チェスターは、そんな若い自分自身に軽い憎しみを覚えた。

それは、クレスも同じだったらしい。

彼は、めったに見せない顔をしていて、チェスターが見ていることに気がつくと、苦く笑って誤魔化《ごまか》した。

「……行くか」

「うん」

二人は樹を下りると、自分たちに出会わないように気をつけながら壁をぐるりと回った。途中ですぐ脇《わき》を、十七の自分自身が駆けていったが、未来の自分に気付くことはなかった。

村の入り口の門の前でどちらからとなく立ち止まり、二人は深呼吸をして、それからアーチをくぐった。

「なんだ、もう戻ってきたのか？」

横合いからそう声をかけられて、二人は飛び上がらんばかりに驚いた。

「ゴーリ……親父《おやじ》……」

「忘れもんかチェスター？　おう、そうだ。アミィに伝言を頼もうと思っとったんだが、丁度《ちょうど》いいわい。狩りの日程が少しずれることになった。何でもユークリッド王主催《しゅさい》の狩りがあるとかでな。数日は――」

「わ、わかったよ。な、なあ……それより、皆を広場に集めてくれないか？」

「なんだ？　何か始めるのか？」

「ちょっと話があるんだ。頼む、急いでな」

「変なやつだな。――広場だな？」

「ああ！」

チェスターとクレスは、ゴーリと別れると広場の方へと向かって早足で歩き始めた。

「……驚いたぜ」

「うん、僕も驚いたよ……なんだか、幽霊でも見た気分だった」

「そうだな……とにかく、始めようぜ」

「ああ」

二人は、歩きながら大声で皆に広場に集まるように呼びかけた。傍《そば》を歩いている人間を捕まえては、家族や近所の人たちを連れてくるように言って迎えに行かせた。

「急いでくれ！」チェスターは怒鳴った。「時間がないんだ！」

クレスもチェスターも必死だった。村が襲われた正確な時間はわからないのだ。半鐘《はんしょう》が鳴らされたときには、もう壊滅寸前だった可能性もある。なるべく早く全員を森に逃がさなくてはならなかった。連中がどこから襲ってきたのかわからないが、少なくとも南の森でないことだけは確かだった。

村というのはこういうときには対応が早い。ものの三分も経《た》たない内に、ほとんどの人間が広場に集まった。都会ではこうはいかない。

ざわめきの中心にあって、チェスターはアミィの姿を探した。だが、彼女は背も低いこともあってなかなか見つけられなかった。

「クレス、何事だ？」

そう声がして、クレスははっとして振り返った。

紛《まぎ》れもない、ミゲール・アルベインその人がそこにいた。自然に割れた人垣の前に立って、クレスを向いていた。あの頃、無敵の存在だと信じていた父――その父にもう一度会えた喜びに、クレスは息が詰まりそうだった。

「父さん……」

「クレス、皆を集めていったい何を――ん？　おまえ、本当にクレスか？」

さっとクレスの顔から血の気が引いた。そして、完全に言葉を失った。チェスターはそれを見てとると二人の間に割って入るようにした。

「そ、そうだよ、おっさん！　おかしなこと言うなあ……この暢気《のんき》な顔がクレス以外の誰に見えるっていうんだよ」

周りの村人も、そうだよなと賛同した。ミゲールはいったい何を言っているのかと首を傾《かし》げる者がほとんどだった。

「ならば、その剣はなんだ？　どこで手に入れた？　家にあった物じゃないな、クレス？」

「それは……その……」

チェスターは舌打ちした。今は、そんな問答をしている場合ではないのだ。

「どうでもいいじゃねえか、そんなこと」

ガラリと態度を変えて、チェスターはそう言い放った。これにはさすがのミゲールの表情にも怒りが浮かんだ。だが彼が何かを言う前にチェスターは声を張り上げた。

「皆、聞いてくれ！　この村に、黒騎士が迫っている！　一刻も早く逃げないと皆殺しだ！

幸《さいわ》い、南の森は安全だ！　荷物なんかどうでもいい！　すぐに逃げてくれ！　そして村の鐘《かね》がなるまで決して出てくるな！」

「そりゃどういうこった、チェスター」

チェスターは、ぐいと腕をつかまれた。そこにはゴーリの顔があった。

「親父、言った通りなんだ。完全武装の騎士がこの村に迫ってる。連中はプロだ。あんたたちじゃ絶対に敵《かな》わねえ。死にたくなかったら森に逃げてくれ」

「クレス！」ミゲールが吼《ほ》える。

「父さん！　本当なんだ！　母さんを連れて、早く森に逃げて！」

「きちんと説明しろ！」

クレスは口を開きかけたが、チェスターはそれを無視した。

「急げ！　連中はすぐそこに迫ってるぞ！　俺たちは、遺跡泥棒の疑いをかけられているんだ！　申し開きなんか聞く連中じゃねえ！　殺されるぞ！」

鬼気迫るチェスターの言葉に、本気を感じ取ったのか村人はどっと広場から散り始めた。

「荷物なんか後にしろ！　逃げろ！　逃げろ！　逃げろ！」

「いい加減にしろ、チェスター!!」

チェスターは、ミゲールに衿《えり》をつかまれ締め上げられた。

「何のつもりだ！　こんな悪ふざけは――」

「《ダオス》だよ」

ぼそり、とチェスターが言うと、ミゲールの顔色が変わった。

「《黒騎士団》の団長のマルス・ウルドールはダオスに操られて、あんたがクレスにやったペンダントを奪いにくるんだ。ミントのところにも連中は行ってるぜ」

ミゲールは、手を離すと一歩下がった。

「おまえたちは……誰だ……」

チェスターは、衿を直すと鼻で笑った。

「どうだっていいじゃねえか、そんなことは。……さっさと行けよ。おばさんを人質にとられたくなんかねえだろ？」

ミゲールは、ハッとするとクレスを見、彼が頷くのを見て何かを悟ったようだった。彼はクレスに頷きかけると踵《きびす》を返し、ベッドで臥《ふ》せっている妻の元へと駆けて行った。多分、裏門から森に向かうだろう。

「……ありがとう、チェスター」

「わりいな、ゆっくり話させてやれなくてよ」

「いいんだ」

クレスはゆっくりと首を振った。そのとき——

「おにいちゃん！　クレスさん！」

何人かの人にぶつかって倒れそうになりながらアミィが駆けてくる様子が、チェスターの目に飛び込んできた。

「アミィ！」

チェスターは全《すべ》てを振り払うように駆け出した。そうして、アミィの前に飛び出すようにするとその小さな体を、強く、強く、抱きしめた。

「ちょっ……おにいちゃん！　くるし……離し……」

突然のことにアミィは目を白黒させていたが、やがて、どんどんと小さな拳《こぶし》でチェスターの体を叩《たた》いた。

アミィの体は温かかった。

それだけで、チェスターは涙が出そうになった。彼が最後に抱いたアミィの体は冷たく、そして固かった。忘れる事の出来なかったその感触が、ゆっくりと溶けていく。

（生きている！）

ただそれだけで、こんなにも嬉《うれ》しい。

「もうっ……おにいちゃ……んっ！」

思い切り、だんと叩かれて、さすがのチェスターも、腕を緩《ゆる》め離れた。

「何するの、もう！　それにこんな騒ぎ起こしちゃって、どういうつもりなの？」

「アミィ、逃げろ」

「ええ？　何言ってるの、おにいちゃん？」

「よく聞け。もうすぐこの村は戦場になる。南の森に行け。そして教会の鐘がなるまで絶対に出てくるな――いいな？」

「ど、どうしたの、おにいちゃん？　クレスさん、クレスさんもなんか言ってやってください。おにいちゃん、変――」

「アミィちゃん、チェスターの言っているのは本当のことなんだ」

アミィは、驚いたように目を瞠《みは》った。

「そんな……だったら！　だったら、おにいちゃんも一緒に行こう？　行くよね!?」

アミィの手が、チェスターの肩を摑《つか》んで揺《ゆ》さぶった。

チェスターは、その手をそっとはがすと包むようにして握りしめた。

「アミィ、にいちゃんは大丈夫だ。今度こそ、おまえを守る」

「こんど、こそ……？」

「だから、俺を信じて森へ行け。そして幸せになるんだ。いいな？」

「おにいちゃん、いったいなに――」

だが、チェスターは立ち上がると、傍を通りかかった青年――確かアルベイン道場の弟子で、ライスとかいった――を呼びとめ、

「この子を頼む」

とアミィの手を渡した。

ライスはクレスを見、彼が頷くのを確認してからアミィを抱きかかえて走り出した。

「お、おにいちゃーんっ！　クレスさーんっ！」

チェスターは、ライスとアミィが村のアーチをくぐって見えなくなるまで見送った。

そうして十分後には、村にはクレスとチェスターの二人以外、誰もいなくなった。

「間に合ったな」

周囲を見回して、チェスターは呟いた。

「うん。……ミントたちは、うまくやってるかな？」

「大丈夫だろ？　なんたって、ダオスにすらなれる《なりきり師》が二人もついてるんだ。間違っても負けることはねえよ」

「そうだね」

これから戦いが待っているとは思えないほど朗《ほが》らかに、クレスは微笑んだ。

チェスターも思わずつられて笑った。

「ところでよ、クレス……聞いときたいんだがよ。『殺すな』ってのは、俺たちもか？」

「いいや」

クレスはきっぱりと言った。

「ディオたちにああ言ったのは、僕らが血をかぶるためだ。なるべく人殺しはさせたくないからね。ここでの戦いが終わったら、そのまま《黒騎士団》の隠《かく》れ家《が》を討つ」

「気に入ったぜ。……でもよ、殺すより殺さない方が難しいぜ？」

「大丈夫だよ。向こうにはミントがいるんだから」

「間違って殺《や》っちまっても、平気ってか？」

「そうじゃないさ。法術師にはあるじゃんか――アレが」

チェスターは少しの間考え、そうして納得したというようにニヤリとした。

「アレか」

クレスは頷いた。

「よし。俺たちも準備を始めようぜ。――俺は教会の鐘楼《しょうろう》に行く」

「僕は、ここだ」

クレスは足元の大地を、トン、と踵《かかと》で蹴《け》った。

「僕は、ここから一歩も引かない」

「任せた。――だが、長身の騎士だけは俺の獲物だぜ？」

「わかった」

チェスターは手を上げた。クレスは自分の手を、チェスターのそれに、打ち合わせた。

ぱん、と乾いた音が無人の広場に大きく響いた。

6　黒騎士団

「ピコハンっ！　ピコハンっ！　ピコハンっ！」

「ピコハンっ！　ピコハンっ！　ピコハンっ！」

ミントと、ミントになりきったメルの二人の声が森の中に響き渡った瞬間、無数のおもちゃのハンマー（叩《たた》くとピコピコ音がする）のようなものが、黒騎士たちの頭を目掛けて落ちて行った。

騎士たちは一瞬驚いたが、しかし自分たちが兜《かぶと》をつけていること、そしておもちゃのハンマーなど、直撃をされてもなんということもないことにすぐに気付いて、笑いすらこぼしそうになった。だが――

「ぎゃっ！」

「がっ！」

「うっ……！」

ピコピコハンマーの直撃を受けた騎士たちは次々と悶絶《もんぜつ》してその場に倒れ、そうして完全に意識を喪失《そうしつ》した。

　これが、法術師の使う技の一つ――名前そのまんまの気絶技『ピコハン』である。

　同系統の術で、元のハンマーの数十倍はある巨大ピコピコハンマーを出現させて、相手の上に落とし複数の敵を一度に気絶させるという、これも名前まんまの『ピコピコハンマー』という上位の術もあるのだが、祈りが届くまでの時間が長いのと、敵を油断させるという点で不利なので、今回は個人攻撃用の『ピコハン』が選ばれたのだった。

　だがこれは、あくまで奇襲攻撃用であるため、パーフェクトというわけにはいかなかった。

　難を逃れた騎士たちは、森を抜けようと突進してくる。

　ミントとメルは、素早く後退した。

「待てっ！」

「逃がさんぞ！」

　家とは反対の方角に逃げていく二人を騎士たちは追って来る。連中はミントとメルをターゲットの法術師親子だと勘違《かんちが》いしたに違いなかった。まんまと騙《だま》せたわけだが、木々の間を抜き身の剣がぎらぎらと凶暴な光を発しながら追いかけてくるのは、なかなか怖いものだった。

　二人は頂上の方へと逃げていた。ゆえに騎士たちは、自分たちが二人を追い詰めていると考えているに違いなかった。残った騎士の内の一人が走りながら仲間に散開するように命じているのが聞こえた。包囲して輪を縮めようというのだろう。

「うまくやってよ、ディオ……」

祈るように呟《つぶや》き、メルはミントの手を引いて森を飛び出した。連中が飛び道具を持っていないことはわかっていた。だから、とりあえずは剣の間合いに入りさえしなければ攻撃されることはない。

二人が目指しているのは観測小屋だった。開けっ放しの扉から中に転がり込むと急いで閉めて閂《かんぬき》をかけた。

騎士たちは、小屋の周りをぐるりと囲んだ。その数六人──『ピコハン』の命中率はあまりよくなかったらしい。

「出て来い！　さもないと小屋に火をつけるぞ！」

騎士の一人がそう怒鳴った。

「メリル・アドネード！　子供の命を助けたくはないのか！　投降《とうこう》しろ!!」

メルの手を握ったままのミントの指に、ぎゅっと力がこもった。攫《さら》われた日のことを思い出したのかもしれない。

「素直に応じないというなら我々は貴様ではなく、娘をありとあらゆる拷問《ごうもん》にかける！　貴様はその一部始終を見ることになる！　それが望みか!?」

それを聞いてメルは、彼女にしては珍しく舌打ちをした。

「……下衆《げす》」

「……下衆」

声がハモった――だがミントではない。声は頭の上、天井の向こうから聞こえた。

メルは、窓の外を見た。

それを待っていたかのように、六人の騎士の足元に、とす、と短刀が突き立った。

「？」

六つの『？』が出た瞬間、大気を裂いて轟音《ごうおん》が鳴り響いて天から六条の稲妻《いなずま》が山腹を目掛けて疾《はし》り、短刀を――騎士たちを直撃した!!

「ぎゃっ！」

という短い悲鳴が六つ、ほとんど同時に上がったが、それは雷の轟音に掻《か》き消されて誰の耳にも届かなかった。

メルとミントが外に出ると、屋根の上から灰色の影が跳《と》んで二人の前に着地した。頭巾《ずきん》を取ると、下から現れたのはディオの顔――彼は『忍者頭《がしら》』になりきって、観測所の屋根の上に隠れて騎士たちが来るのを待っていたのだ。

「伊賀栗流《いがぐり》忍術『雷電《らいでん》・改《かい》』――どうよ？」

「遅い！」

メルは、格好をつけているディオの足を軽く蹴《け》った。

「好き勝手言わせてどうするのよ！　ミントさんが嫌な思いしたじゃない！」

「えっ！」

「い、いいんですよ、メルさん」

ミントはそう言ったが、確かにその表情は晴れてはいなかった。得意げだったディオの顔も今の空のように見る間に曇った。

「ご、ごめん、ミント姉ちゃん……」

「本当に気にしないでください。大丈夫ですから……それよりも、早くこの人たちを縛《しば》り上げて麓《ふもと》に運んでしまいましょう？　目を覚ましたら面倒ですから」

「生きてるんでしょうね？」

「大丈夫だよ。ちゃんと手加減したから」

メルは全員の面頬《めんぽお》を上げて確認した。ディオの言う通り、確かに騎士たちは生きていた――多少、火傷《やけど》しているようだがそのくらいはいいだろう。

「で、どうやって運ぶの？」

「レア・バードに吊《つ》り下げて」

「手伝うわよ――あ、ミントさんはそこで休んでていいですよ。わたしとディオとで出来ますから。下の連中は今頃クルールが運んでますし」

「ええ、ありがとう……」

久しぶりに思い切り走って、ミントの心臓はまだ鼓動《こどう》が速かった。

観測所の外の大き目の石に腰を下ろして、ミントは眼下の家を見下ろした。煙突《えんとつ》からは細い煙がたなびいている。

多分、メリルたちは、黒騎士たちに襲われかけたのだということに気が付いてもいないだろう。

(守れたんですね……)

ミントは頭を観測所の外壁の板に、こつん、と寄りかからせた。

(お父さん……わたし、お母さんを守れました……)

ほう、と息を吐くと目を閉じた。

胸に暖かいものが広がっていくのを、そして、これまでずっとそこにあった《何か》が溶けていくのを、ミントははっきりと感じることができた。

ポツリ、と雨が一滴、暗い空から落ちてきて、やさしく頰《ほお》を濡《ぬ》らした。

教会の鐘楼《しょうろう》に陣取り、チェスターは木箱を開けてエルヴンボウを取り出すと弦《げん》を張り、指で二、三度弾《はじ》いた。ブン、といういい音がして彼は満足げに微笑《ほほえ》んだ。

その頰に、ぽつりと冷たいものがあたって、チェスターは空を見上げた。

(雨、か……)

その少し前に、山の方で落雷があったから予想していたことではあった。事実、あの時も雨は降っていたし、夢の中でもそうだった。

　ふと、目の端が黒い影を捉《とら》えて、チェスターは東の林を向いた。

　一見したところは、何もない
が、芥子粒《けしつぶ》ほどの鳥をも射抜くチェスターの目は誤魔化《ごまか》せなかった。彼の瞳《ひとみ》は木々の幹の間に僅《わず》かに覗《のぞ》く鎧《よろい》の飾りをはっきりと捉えた。

（来やがったな）

チェスターは手元に置いてあった小石を摑《つか》むと、下のクレスに向かって放った。石は彼の足元に落ちて、それを合図に立ち上がると、すらり、と腰の鞘《さや》からエターナルソードを抜いた。

（なんだかんだいって、やる気満々だな）

ニヤリとして、チェスターは矢筒《やづつ》からいっぺんに五本ほど矢を取り出すと、素早くあたりを見回した。

　あの日、森から戻った時、村にはあちこち火事の痕《あと》があった。雨ですぐに消えたのだろうが、明らかに放火だった。おそらくは、まず火をかけ、混乱させておいてから不意を討ったのだろう。そうでなければ、ミゲール・アルベインが不用意に自宅を空け、人質を取られるなどということはありえない。
（ビンゴ）
チェスターは、村の東手——宿屋『やすらぎ』の裏手の壁向こうに、松明《たいまつ》を手に近づいてくる三人の騎士を見つけた。いずれもフルアーマーで、面頬《めんぽお》を完全に下ろしているのは顔を見られないためだろう。

（姑息《こそく》な奴《やつ》らめ）

矢を番《つが》え、チェスターはエルヴンボウの弦を引き絞《しぼ》った。たった三人——一本の矢で十分だ。伸ばした左手の人差し指と矢のラインを一直線に先頭の騎士の胸元に合わせ、そのまま固定した。

先頭の騎士が後ろの仲間に頷《うなず》きかけ、松明に火を点《つ》けようと腰の袋からマッチを取り出す。指を離したのはその瞬間。

矢は、大気を切り裂いて口笛のような音を発し、黒い鎧の胸元へと飛んだ。

ガン！　と金盥《かなだらい》を思い切り叩いたような音が起こり、鎧の前面が内側に向かって大きく抉《えぐ》れてめくれ込み、矢は胸を裂き、胸骨《きょうこつ》を砕き、やわらかい心臓を貫《つらぬ》き、背骨を割り折った。それでも矢は疾《はや》さを失わず騎士の背甲《はいこう》が爆裂《ばくれつ》した。

すぐ後ろにいた騎士は、目の前が赤と桜色の色彩のカーテンで覆《おお》われたと思った瞬間、右肺をそっくり抉り取られて吹き飛びながら回転し、その籠手《こて》で近くの木の幹を自分の腕ごとへし折った。

二人目の回転のせいで矢の軌道《きどう》は僅かにずれ、三人目の騎士は倒すには至らなかった。だが、その騎士を逃がすこともなかった。彼《か》の騎士は右足を貫かれ、大腿骨《だいたいこつ》を粉砕されて、腿《もも》のところで鎧ごとほとんどちぎれかけた。矢はそのまま地面へ突き刺さったが、その瞬間、大地が爆発して土柱が上がった。

「ぎ……ぎゃあああああっ！」

僅かに遅れて、噴水のように血を撒《ま》き散らす己《おのれ》の足を摑んだ騎士の口から悲鳴が迸《ほとばし》った。直後、騎士は出血のショックで死亡した。

「……まずは三人」

チェスターは、ほとんど感情のない声で呟くと、次の矢を番えた。


ユークリッド独立騎士団団長マルス・ウルドールは、降り出した雨が鎧を叩く音を聞きながら舌打ちをした。予定通りに火の手が上がらず、それどころか魂切《たまぎ》るような悲鳴が上がったのを聞いたからだ。

(しくじったか)

この村には、かつてはユークリッド一の騎士と呼ばれた男がいる。まともにやりあっても勝てる相手ではないと考えての陽動だった。村の顔役であるミゲール・アルベインのことだ。火事が起これば必ず飛び出してくる。その隙《すき》に、裏手から別働隊が家に討ち込み、妻なり息子なりを人質に取る手筈《てはず》だった。

何が起こったのか、ここからではわからなかった。地面が爆発したように見えたが、正面以外の場所には防衛のために何らかの魔術的な仕掛けが施《ほどこ》されているのかもしれない。

マルスは前にいた騎士の肩を叩き、ガントレットの指で村の正面を指し、さらに三本の指を立てた、
三人で行け、ということだ。

騎士は頷いて両隣の騎士に声をかけると、数十キロもあるフルアーマーをつけているとは感じさせない速さで移動した。壁伝いに近づき、中を窺《うかが》うように僅かに顔を出す。途端、その騎士の体が激しく回転し、その場で地面に叩きつけられた。と、何か黒い塊《かたまり》が岩のように飛び来て、マルスの顔面を直撃しそうになった。

「ふんっ！」

巨大なハンマーが一閃《いっせん》して、それを寸前で叩き落とした。黒騎士団一の巨漢、タッカー・ルフェルの技だ。

マルスは足元にめり込んだ黒塊《こっかい》の正体を知った。——それは、矢の突き刺さったフルフェイスの騎士の頭だった。矢と、そして槌《つち》の一撃で誰だかわからないほど破壊されている。村の入り口の方を見ると、残った二人の騎士はさすがに逃げ出すようなことはなかったが、次の行動を考えあぐねているようだった。

マルスは、ちょっ、と舌打ちした。

騒ぎが起きなければミゲールは家を空けないだろう。それでは勝てない。なんとしても注意

をひきつけ、家から引き離す必要がある。

「タッカー。行って、壁をぶち抜け」

命令に、巨漢の騎士は重々しく頷いた。

「全員、そこから進入して村を制圧しろ。やつらの反逆の意図は明らかだ。ユークリッド王家に仇《あだ》なす輩《やから》に遠慮は無用だ。殺せ。――ただし、ミゲール・アルベインとその家族だけは生きて捕らえよとの陛下《へいか》のご命令だ。いいな？」

騎士たちは無言で頷き、微《かす》かに鎧の鳴る音が雨の中に響いた。

「わかったな、マーチス。殺したければ他の連中をやれ」

マルスの言葉に、ひときわ背の高い騎士がゆっくりと頷いた。

マーチス・レイドアは、黒騎士団中で最も冷酷な男として知られていた。半年前、反逆の疑いありと急襲したある貴族の屋敷《やしき》で、そこの幼い姉妹の首を何の躊躇《ちゅうちょ》もなく斬《き》りおとして、母親に投げてよこすということをしたことがある。それを見て母親は狂乱して死んだ。夫の方は自らの屋敷の地下で一カ月にわたり拷問の限りを体験したが、決して罪は認めずマルスたちを呪《のろ》いながら死んでいった。

その屋敷はいま、彼らの仮の本部となっている。

マーチスがミゲールに敵《かな》うとは思えなかったが、万が一ということもある。

それでは、計画が台無しになってしまう。

目的はあくまで、ダオスの封印《ふういん》を解く鍵《かぎ》となるペンダントの奪取なのだ。口を割った後ならば死んでもらって結構だが、まだ困る。

部下たちには、そのペンダントは王家縁《ゆかり》の物で、ミゲールが騎士を辞め、王都を去る時に王墓から盗み出したと説明してあった。

「よし、行くぞ」

ぞろぞろと、まるで恐ろしい疫病《えきびょう》かなにかのように、黒い染みが林のあちこちから滲《にじ》み出して、村へと移動を開始した。

林から村の外壁へと辿《たど》り着く僅かな距離、自分たちは無防備になる。マルスは傍《そば》にいた騎士に、自分の兜《かぶと》についている隊長章を取ってつけるように命じ、騎士はその通りにした。その騎士に先駆けてマルスは街道を突っ切り無事に壁際《かべぎわ》につくと、囮《おとり》の騎士を手招きした。

頷き、街道に出た瞬間、騎士がぶるりと体を震わせたかと思うと背中が爆《は》ぜ、その少し後ろで道が土柱を上げた。騎士は羽が生えたかのように血を噴出しながら仰向《あおむ》けに倒れ、その胸には拳《こぶし》ほどの大きさの穴がぽっかりとあいていた。

仕掛け罠《わな》ではない。《ストーンブラスト》のような魔術的な技で狙《ねら》い撃たれたのだ。

だが、いまさら引くわけにはいかない。

マルスは、タッカーに壁をぶち破るよう指示を出した。

(この音を聞けば、アルベインも出てくるはずだ)

巨大な槌が振り上げられ、壁に叩きつけられた。レンガ造りのそれは簡単に砕け、内側に向かって爆発したように吹き飛ぶ。

「突入！」

黒い鎧に身を包んだ騎士たちが一斉に、土煙の立つ穴から村の中へと鬨《とき》の声を上げて躍《おど》り込んだ。騎士たちはすぐに散っていく。

煙の向こう、広場に影が見えた。シルエットから剣を下げているのが見て取れる。抵抗は予想していた。しかし所詮《しょせん》は田舎《いなか》道場の弟子。アルベイン本人以外は数の内ではない。

雨まじりの風が煙を吹き払った。

（なんだ、ガキか）

教会の前の広場に、どう見てもあまり実用的ではない巨大な剣を手に立っていたのは、どんなに上に見ても十代後半の少年だった。教会と橋の向こうの二軒の家を調べるべく自分の方へ向かってくる四人の騎士を見ても、少年は眉《まゆ》ひとつ動かさなかった。

頭がいかれているか、もしくは若者ゆえの愚かさで、自分たちには手を出すわけがない、と思っているのだろう。

（甘いガキだ）

マルスは少年の顔が絶望に変わるところを想像し、鼻で笑った。だが、それは一瞬で凍りつくことになった。

「アルベイン流・剣技……」

　少年は両足のスタンスを広く取って半身になると、剣を腰溜《こしだ》めにして鞘《さや》に収めたような構えになった。扇状《おうぎじょう》に騎士たちが迫る。少年の口元から、ふっと息が漏《も》れた。

「真空ぅ——破《は》っ斬《ざん》んっ!!」

　遥《はる》か間合いの外で、横薙《よこな》ぎに少年の剣が青く一閃《いっせん》した。もちろん、剣はまったく騎士に届いていない。

　——ああ、それなのに！

　どぱっ、と放射状に騎士の腰の辺りから後ろに向かって血が飛び、騎士たちの足は止まり、ずるり、と上半身が腰のところでずれて、腰から上だけが前のめりに地面へと落ちた。置物のように立つ下半身だけの騎士の足元に、見る間に血溜《ちだま》りが出来てゆく。

「な、なぜだっ……」

　鎧の下を嫌な汗が流れた。

　マルスはこの技を見たことがあった。かつてミゲールが、ユークリッド王の御前《ごぜん》で披露《ひろう》した時に居合わせたのだ。あの時は遥かに離れた場所に置いた花瓶《かびん》を両断しただけだったが、確かに同じ技だった。

「なぜ、それをこんなガキがっ……」

　ミゲール本人以外、誰一人修得してはいなかったはずなのに！

マルスは面頬《めんぽお》を上げると、指を口に当てて強く吹いた。

宿屋と雑貨屋へ向かっていた騎士たちが、それを聞きつけて戻ってくる。マルスは物陰《ものかげ》から指で、広場の少年に一斉にかかるように命令した。

と——

「うわあっ！」

「ぎゃあっ！」

アルベイン道場の裏手で爆発のようなものが起こり、土や樹《き》の破片とともに、別働隊の騎士五人が高く舞い上がった。ある者は足がなく、ある者は腹に巨大な穴を空けられている。いずれも一目で死んでいるとわかった。

きらりと教会の鐘楼《しょうろう》で何かが光るのを、マルスは捉えた。

（あそこか！）

魔術師があそこにいるに違いない。マルスはマーチスを指すと、指を回して教会の上を示した。回りこんでそこにいるやつを殺せということだ。彼は頷くと、どこか蛇《へび》を思わせる動きで壁の穴から一旦《いったん》外に出て姿を消した。

「隊長」

宿屋から出てきた騎士の一人が、傍《そば》に来てそう囁《ささや》いた。頷き、報告を聞く意思があることを伝えると、彼は顔を寄せ煙草《たばこ》臭《くさ》い息で、

「誰もいません。村の南側はもぬけの空《から》です」

「なんだと……？」

鬨《とき》の声があがり、ハッとして顔を上げると、騎士たちが少年に向かって突進を開始するところだった。

「チェスター！」

少年が大声を張った。

「手を出すなよ！　こいつらは、僕の獲物だ！」

「言うじゃねえか」

クレスの宣言に、チェスターはニヤリとして引き絞《しぼ》っていた弦を緩めた。相手は完全武装の騎士が十二人ほどだが、物の数ではないだろう。

その時、喉《のど》の辺りに冷やりとした感覚を得て、チェスターは本能的にエルヴンボウを動かしていた。

「！」

音叉《おんさ》を叩いたような音と共に首の近くで青い火花が散って、チェスターは突き飛ばされたかのように弾かれ、背中をしたたか鐘楼の柱に打ち付け、低く呻《うめ》いた。

顔を上げると、対面にやたらと手足の長い黒騎士が同じ様に床に尻《しり》をついていた。だが、鎧《よろい》に守られていた分ダメージが少なかったのか、チェスターよりも早く立ち上がると油断なく剣を構えた。

危《あや》うく、首を斬《き》り落とされるところだった。

「てめえかっ……!」

チェスターは、飢えた狼《おおかみ》のように歯を剝《む》いた。全身の血が沸騰《ふっとう》し、背中の痛みは一瞬にしてどこかへ吹き飛んだ。

夢に見たとおりの騎士が目の前にいた――アミィを殺した、あの騎士が。

「そっちから来てくれるとは思わなかったぜ」

騎士は答えない。だが、格子《こうし》の向こうで、はっきりと目が笑っているのが見えた。

二人の距離は鐘《かね》をはさんで約二m。中央には大きな穴が開いているため、一直線には進めない。

剣の間合いではないが、矢を番《つが》えて構える時間があれば距離を詰めるには十分だった。

――しかし、襲ってこない。

(嬲《なぶ》ってやがるな)

チェスターにはその確信があった。この男は夢の中でもそうだった。アミィをいたぶり、その上で殺したのだ。

「…………」

「…………」

次第に雨が激しくなってきている。滴《しずく》は鐘楼にも吹き込み始めており、足を濡《ぬ》らした。山間《やまあい》の方から雷が近づいてくるのが見える。

瞬間、空が白く変じた。

チェスターは、手にしていた三本の矢を素早く番えると、思い切り弦を引いた。ほぼ同時に、光を裂いて頭上から剣が降ってくるのが見えた。まともに喰《く》らえば頭を両断されるのは確実だ。だが、こう来るのを待っていた。弓を立て、足に力を入れる。痺《しび》れるような衝撃と音叉を叩いたような音が、鐘楼に再び響き渡った。

輝きが消えた時、騎士はエルヴンボウに剣を弾かれ、両手を上げた格好で、その喉元に矢を突きつけられた格好だった。

「俺の勝ちだ、くそやろう」

騎士がニヤリと笑ったように思え、チェスターは矢尻を摑《つか》んでいた指を離した。

――マーチス・レイドアは、こうして死んだ。

クレスの腕の前に、騎士たちは次々と倒れていった。

戦いの錬度《れんど》に差がありすぎる。プロであるはずの彼らの剣が、クレスを捉《とら》えることは一度もなく、なす術《すべ》もなく命を散らすしかなかった。

十一人目の騎士が兜ごと頭を割られて倒れた時、立っているのはあと一人となった。

その騎士は、クレスよりも背も体格も二回りは大きかった。手にした得物《えもの》は剣ではなく巨大な槌《つち》。クレスはその男と――タッカー・ルフェルと対峙《たいじ》して初めて、構えらしい構えをとった。

雨で足元がぬかるんでいく。

どちらにも不利な状況だといえた。重量のある槌を振り回せばバランスを崩しやすい。しかし、クレスとて素早く移動することが難しい。

じりじりと、間合いを詰めていく。

どこかで見ているはずのマルス・ウルドールのことは、一時、頭から締め出した。この騎士は間違いなく強敵だ。余計なことに気を取られていては、腕の一本も持っていかれるかもしれない。

ざーざーという音が、耳を圧していく。

もうひとつ、この雨はクレスに不利をもたらしていた。騎士は面頬《めんぼお》があるから雨が直接目に入ることがない。だがクレスの方は、雨を押さえるのは額《ひたい》に巻いたバンダナのみで、それはとっくに水分を吸収できる許容量を超えている。

ぱちり、と目をやった瞬間、騎士は猛牛のごとく突進してきて、槌を思い切り振り下ろした。

「くっ」

クレスは横っ飛びに跳んだ。耳元で風が恐ろしげに唸《うな》りを上げる。一瞬前までいた大地が、爆発したように泥《どろ》と水を吹き上げる。転がりながら剣を振るったが、切っ先が鎧の表面を掻《か》いただけで足を斬るには至らなかった。

泥に汚れたマントを払い、踏み込むと同時に剣を突き出すようにする。

「——秋沙雨《あきさざめ》っ！」

まるで、分身したかのように見えるほど素早い突きを叩き込む。だがタッカーは槌を前にかざして回転させるとその悉《ことごと》くを防いだ。虚《むな》しく火花だけが散る。圧倒的な素材の違いで、エターナルソードには傷ひとつつかない。しかしクレスの誇りは違った。

（くそっ！）

アルベイン流剣術そのものを否定されたような気がした。

背を低くして突っ込むと、低空から剣を振り上げる。タッカーの槌で防がれる——だがこれは計算済みだ。反動をそのまま利用して刀を返し、今度は思い切り振り下ろす。

「虎牙《こが》……破斬《はざん》っ!!」

殺《や》った——そう思った。しかし刃《やいば》が騎士の頭を捉えるよりも早く、クレスは胸に体当たりを食らって吹き飛び、ぬかるみの中を転がった。咳《せ》き込み、泥を吐き出して立ち上がったところを下から槌に突き上げられた。

刀身を横にしてこれは何とか防いだが、衝撃はそのまま体に突き抜けた。今度は倒れなかったが、それでも三歩下がった。

しかしそれはタッカーも同様だった。エターナルソードに弾かれた衝撃は、そのまま自分にも返ったらしい。

(……本気で強い)

クレスは自分の中で相手のイメージを修正した。なめていた。

魔物より強いはずはないと思い込んでいた。

だが考えてみれば、それよりも強い人間はいたのだ。すずの両親である忍者の銅蔵《どうぞう》とくノ一のおきよがそうであったし、すず自身、一対一で戦えば、勝利はどちらのものになるかわからない相手だったではないか。

村を襲った黒騎士の中に、自分に敵《かな》うものなどいないと考えていたのは、完全な驕《おご》りだ。

(そうさ……強かったのは『僕』じゃない。『皆と一緒に戦った僕』だったじゃないか)

クレスは、つ、と流れてきた鼻血を嘗《な》めとると、エターナルソードを下段に構えた。

(……ダオスと戦《や》るつもりでいく)

自分の中の《気》を高めていく。体の芯《しん》がじわりと熱くなる。周囲で、雨が触れる前に蒸発を始め、そしてそれはやがて、はっきりと光と認識できるほどになった。

「うおおおおおおっ！」

声を上げ、タッカーが地響きを立てて突進した。頭の上で大気が唸《うな》るほど槌を激しく振り回す。クレスは動かない。タッカーはその勢いのまま間合いに飛び込むと、星も砕けよとばかりに渾身《こんしん》の力を込めて槌を振り下ろした！

槌は確実にクレスの肩口を捉えた。

勝った――そう思ったに違いない。だが手ごたえがなかった。皮を破り、骨を砕いているはずの槌は空を切り、ぬかるみに深くめり込んでいた。

クレスは消えていた。

ふと、タッカーの背甲を打っていた雨の音が途切れた。

「！」

ハッと天を仰いだ彼はそこに、何もなかった空間に、突然出現したクレスを見いだした。真下に向けられたエターナルソードの刃《やいば》が、雷光にギラリと輝き、タッカーは自分の運命を悟った。ずぶりと右の鎖骨《さこつ》を断り割って、凍《こご》えるような冷たい刃が突き刺さり、次の瞬間には焼けつくような痛みが全身に走った。

巨漢の騎士は、どう、と倒れ、大きく泥を跳ね上げ、そして動かなくなった。

村の入り口から逃げていく二人の騎士が見えたが、クレスは追わなかった。

「いいのか？」

教会の開け放しの扉に、背を預けたチェスターが訊《き》いた。

「逃げちまったぜ？」

「わかってたなら、射《う》ってくれてもよかっただろ？」

「あいにくと、弦《げん》が切れちまってな」

チェスターは、エルヴンボウを掲《かか》げて見せた。

「そっか」

クレスは、もう動かないタッカーからエターナルソードを引き抜くと、大きく振るって血を払った。辺りには黒騎士の死体が散乱していたが、血の臭《にお》いは雨が流してくれていた。

チェスターが傍《そば》に来て、物言わぬ鎧を見下ろした。

「こいつら、どうする？」

「父さんに任せるさ。きっと村に一番良いように取り計らってくれるはずだから。僕らは後始末に行こう」

「なあ……これで、新しい歴史が出来たんだよな？」

「多分ね」

多分かよ、と笑いながら言って、チェスターはエルヴンボウを木箱にしまうと、傍《そば》に転がっていた手近な石を摑《つか》んだ。

「何するんだ？」

「こうするのさ——よっと！」

チェスターは、石を思い切り教会の鐘楼を目掛けて投げた。狙《ねら》い違《たが》わず、それは鐘を直撃して、ガランガランと大きな音を立てた。

「こいつを忘れたら連中、いつまでも森から出てこれねえだろ？」

「そういえばそうだったね。……でも、いまので鐘に傷がついたんじゃないか？」

「まあ細かいことは気にするなよ。——おーし、行くか！」

チェスターは、エターナルソードを鞘に収めたクレスの背中を、気合を入れるように強く叩いた。クレスは、痛いなあもう、と膨《ふく》れたが、彼は笑うだけで謝ろうとはしなかった。

二人は歩き出し、村を出たところで足を止めて、雨に煙る村を振り返った。

「…………」

村は何事もなかったかのように静まり返っている。

やり遂《と》げた、という満足感と同時に、胸の奥のしこりが溶けるのを二人ははっきりと感じることが出来た。

後悔は、微塵《みじん》もなかった。

「……あばよ、アミィ。元気でやれよ」

チェスターは小さく呟《つぶや》くと、クレスと並んで再び歩き出し——そうして、二度と振り返らなかった。

「おにいちゃん!!」

雨の中、鐘の音を聞いて村に戻り始めた人々のところへ、横合いの木々の間から飛び出してきた二人の少年を、アミィは見つけた。そして彼女は大きな声で兄を呼びながら人垣を掻き分けるようにして、泥を跳ね上げるのも気にせず駆けて行った。

「アミィ!?」

体ごとぶつかってきた妹を抱きとめ、チェスターは不意を衝《つ》かれて驚いた顔をした。

「おい、どうしたんだよ。……皆、こんなとこで何やってんだ？」

アミィは、今にも涙がこぼれそうな顔をチェスターに向けて、握った拳《こぶし》でその胸をドンと叩《たた》いた。

「何って！　おにいちゃんたちが森に逃げろって言ったんじゃない！　村が襲われるから、逃げろって！　ばかばか！　おにいちゃんのばか！　クレスさんと二人だけで残るなんてどうかしてるよ！　心配したんだからね！　すごく心配したんだからね！」

「お、おい、アミィ……」

胸にしがみついてくるアミィをどうすることも出来ず、チェスターは傍《かたわ》らのクレスを振り向いた。だが彼にしても事情がわからないのは同じ様子で、首を傾《かし》げるばかりだった。

「クレス」

「あ、父さん――それに母さんも？　どうしたのさ。出歩いて大丈夫なの？」

「本当に憶《おぼ》えていないのか？」

「え？　なに？」

「おまえたちは狩りに出かけてすぐに戻ってきて、騎士団が襲ってくるから森に逃げろ、と私たちに言ったんだぞ？」

「僕らが？――まさか！　だって僕とチェスターは、ずっと森でボアを追いかけていたんだよ？　しとめそこなったけど……」

言うなよ、というようにチェスターは肘《ひじ》でクレスを突いた。だがミゲールは有無《うむ》を言わさぬ強い口調《くちょう》で、

「クレス、剣を見せてみろ」

と言って、手を伸ばした。

「……いいけど」

クレスは、腰からロングソードを抜いてミゲールに渡した。彼はそれを一目見ると、僅かに唸《うな》り、違うと呟いた。

「なにがさ、父さん？」

「私たちに逃げろと言ったおまえは、見たこともない剣を持っていた。――そういえば、鎧もこんなに新しくなかった。無数の刀傷があった」

「やだなあ、父さん。そんなわけないじゃないか」

クレスは笑ったが、ミゲールはにこりともせずに剣を息子に返した。その時、先に村の様子を見に戻った弟子の一人が、ひどく慌《あわ》てた様子で戻ってきた。その顔は青ざめ、息をするのも苦しい様子だった。

「し、師匠《ししょう》……む、村が……村で……」

「どうした⁉ しっかり話せ！」

弟子は、ミゲールに縋《すが》りつくようにしながら、呼吸を整えた。

「村に、も、戻ったら……そこ彼処《かしこ》に、く、黒騎士の死体が……ゴロゴロと……」

「なんだと⁉——皆はここにいろ！」

ミゲールは村人たちにそう言うと、脱兎《だっと》のごとく駆けだし、その後をすぐにゴーリが追って行った。

クレスとチェスターは、皆のいぶかしげな視線を受けながらただ戸惑《とまど》うしかなかった。二人には本当に何のことだかさっぱりわからなかったのだ。

クレスは剣をしまうと、肩にカーディガンを羽織《はお》った母親の所へと向かった。

「母さん、大丈夫？」

「ええ……」

そう言って咳《せ》き込んだ背中を、クレスは優しくさすった。風邪《かぜ》を引いているのだ。この雨が体にいいわけはない。

チェスターは、胸に顔をうずめるアミィの頭を不器用に撫《な》でてやった。それ以外に、今の自分が出来ることは何も思いつかなかった。

無論、今日のこの日——自分たちが、どれほど大切な物を失わずにすんだのかということに、クレスとチェスターが気づくことは生涯《しょうがい》ないのだった。


「おー、逃げてく逃げてく」

レア・バードから麓《ふもと》を見下ろしながら、ディオは楽しげに言った。

雨の中、一時間も経《た》ってようやく目を覚ました黒騎士たちは、もう一度ミントの家を襲おうなどとは考えなかったようだった。

彼らは、ふらふらした足取りで、それでもなるべく人目につかないように気を遣いながら、どこかへ去って行った。

後を追おうかとも考えたが、クレスたちに待っていろと言われたこともあり、メルが、

「寒い！　冷たい！」

とうるさいこともあって、素直に観測所に戻ることにした。

ディオは、レア・バードを手足のように操ることが出来る。小降りになった雨の中で、見事な着陸をして見せると、どうだといわんばかりに胸をそらしたが、メルは肩を竦《すく》めただけでさ

っさと降りてしまい、服についた雨を払って中に入った。

「ちぇ」

レア・バードを、運搬用携帯ケースのウィング・パックに圧縮して収納すると、ディオも滴《しずく》を落として、小屋に戻った。

「お帰りなさい、ディオくん」

ミントの声と共に、なんともいえない甘い香りに迎えられて、ディオはなぜだか無性に嬉《うれ》しくなった。

「た、ただいま……」

「隠しておいたチョコレートがあったから、それでホットチョコを作ってみたの。はい、どうぞ」

「う、うん」

差し出されたカップを包むようにして受け取り、ディオは近くの木箱の上に座るとホットチョコレートを一口飲んだ。こくのある甘さが口の中に広がって、体の奥から温かくなる気がした。

メルはミントの傍《そば》にクルールと座って、なにやらチョコレートのことで盛り上がっている。これまでに食べたチョコの話、実際にカカオの実から作ろうとして失敗した話、焙《あぶ》った鳥肉にチョコレートソースをかける料理の話などが聞こえた。

（つかしいなあ……）

二人の様子を見ながら、ディオは首を傾げた。

（ミント姉ちゃんって、こんなに明るく笑う女の人だっけ……？）

もちろん、それほどよく知っているわけではないが、なんとなく印象が違った。

（でも、いまのミント姉ちゃんの方が、もっと綺麗《きれい》だからいっか）

なんだか見ているだけじゃ物足りなくなって、自らもチョコレート談議に参戦するべく、ディオは一気にホットチョコレートを飲み干すと木箱を降りて、二人と一匹のところへ飛び込んでいった。


（あれは何だ？　何だったんだ……？）

隠れ家である屋敷に辿《たど》り着いたマルスは、自分の見たものにすっかり混乱していた。

タッカーの槌が、間違いなくあの恐るべき剣士を捉えたと思った時、その姿は消えうせて、次の瞬間、彼の真上に出現して、その剣をタッカーの胸に突き立てたのだ。

それに、あれは明らかに待ち伏せだった。

――否《いな》。

伏せてなどいない。あの剣士は、堂々と待っていた。

こちらが今日、あの村を襲うことを知っていて、村人を逃がし、待っていたのだ。

（誰かが裏切ったのか？）

その可能性を考えてみたが、思い当たるような人物はいなかった。皆、忠実に自分についてきてくれていたはずだ。

しかし結果は、部下のほとんどを失ったあげく《封印のペンダント》を奪うことも出来なかった。完全な失敗だった。

（態勢を立て直さなくては……）

おぼつかない足取りで、マルスは奥の自分の部屋――かつては屋敷の主《あるじ》の部屋――に向かおうとした。

その時、屋敷の玄関扉が開いて、十人の騎士がひどい有り様で入ってきた。一人で歩けるものはおらず、誰もが誰かに肩を借りていた。そうして屋敷の中に入ると、全員が糸の切れたマリオネットのようにその場に倒れこんだ。

それは、メリル・アドネード親子の捕獲《ほかく》に向かった一隊だった。

「な、何があった……？」

マルスは、ふらふらとした足取りで部下に近づくと、信じられない報告を聞いた。

「待ち伏せされました……」

アドネード親子は、四人を《ピコハン》で気絶せしめた後、山の上へと彼らを誘い出し、ライトニングに似た術で、残る六人も昏倒《こんとう》させたというのだ。

確かに、十人の内の六人は火傷《やけど》を負っている。他の四人もいまだ目眩《めまい》と頭痛が抜け切っていない様子だった。

（なぜだ……なぜこうも出し抜かれる……）

呆然《ぼうぜん》としたマルスの体を突き上げるような震動が襲った。足元の石畳の間から、僅《わず》かに煙が立ち昇る。動揺する騎士を尻目《しりめ》に、彼だけは何が起こったのかを悟った。

この屋敷を急襲する時に使った地下水道を、何らかの方法で破壊されたのだ。自《みず》らを消し去ったあとで、また現れることができるような連中だ。ここを、そして地下水道の存在を知っていたところで少しもおかしくはない――そう思えた。

「ふふふ……ははは……」

喉《のど》の奥から込み上げてくる笑いを、マルスはどうしても抑《おさ》えることが出来なかった。いったい自分は何をしていたのだろう。いつダオス復活などという、馬鹿げた野望に取り憑《つ》かれたのだろう。――少しも思い出すことが出来なかった。

「うわあっ！」

「ぎゃあっ！」

目の前で分厚い両開きの扉が粉々に砕け、倒れていた部下たちの何人かが巻き添えを食って吹き飛んだ。飛んできた破片が頬を切った。流れる血に気が付く様子もなく、マルスはただ一人立っていた。

立ち込める煙の向こうに、赤い輝きが走る剣を下げた剣士の影が浮かびあがった。

「……《魔人》め」

それが、黒騎士団長マルス・ウルドールの、この世での最後の言葉となった。

観測所の窓から、ミントはすっかり雨の上がった外の景色を眺めていた。

すぐ傍《そば》では、メルとディオの双子がクルールにしがみつくようにして穏《おだ》やかな寝息を立てている。待ちくたびれて眠ってしまったのだ。

窓の向こうの斜面にはミントの実家が健在だった。辺りには夕闇《ゆうやみ》が迫り、小さく見える窓からは暖かな明かりがもれている。煉瓦《れんが》を組んだ煙突の先からは、夕餉《ゆうげ》の支度の煙が上がっている。こちらの窓を開ければ今日の料理の匂《にお》いがするかもしれない。

(予定では、ビーフシチューでしたね)

献立《こんだて》を思い出して、ミントは微笑んだ。

前日の午後に、近くを通る行商の馬車を麓で待ち構え、二人して材料を買って苦労して家まで運んだのだ。

メリルの作るビーフシチューはとてもおいしくて、ミントは大好きだった。結婚したい相手が見つかった時に、おいしく作るそのコツを教えてくれる約束になっていた。

ちょっとした魔法、と母はいつも言っていた。

自分はもう、それを覚えることは出来ないが、この世界の自分は、きっとあの味を後世にまでずっと伝えていってくれるだろう。

それで満足だった。

抱きしめてもらいたくなんかないと言えば嘘《うそ》になる。けれど、多くを望むつもりはなかった。生きていてくれる——ただそれだけで良かった。

正直、最初にチェスターの話を聞いた時は、人が触れてもいい領域を超えていると思った。実際に超えているのかもしれない。しかし、たとえこれで神に見放され、法術師としての資格を失ったとしても悔《く》いはなかった。

陽《ひ》が暮れていく。

「あ……」

ミントは、家から少しはなれた場所を足早に登ってくる人影を見つけた。一足毎《ごと》に赤いマントが翻《ひるがえ》る——クレスと、そしてチェスターだ。立ち上がると窓を開け、控《ひか》えめに手を振った。

昇ってくる風に混じって、やっぱりビーフシチューの匂いがした。

クレスたちは、見る間に斜面を登って観測所に近づいてくる。

「みんな、クレスさんたちが来ますよ？」

子供たちの肩を揺すって、目を覚まさせる。

んん？　と言って双子は目を覚まし、同じ顔で同じように目を擦《こす》った。クルールだけはまだ夢の中だ。二人は大きく伸びをして、互いの顔を見合わせると、おはようございますと頭をぶつけんばかりにお辞儀をして、それからミントの方を向いた。

「クレスさんたち、来たの……？」

「はい。どこもお怪我《けが》はないみたいですよ？　これで帰れますね？」

こっくりと頷き、メルは小さな欠伸《あくび》をした。

「ふわ……アーチェさんに、お土産《みやげ》……買わなくちゃ。ねえミントさん、何がいいと思います？」

「そうですね……チェスターさんの手紙とかどうでしょう？」

「わあ、それすごくいいです！」

メルは、ぱちんと手を打ち合わせた。

「アーチェさん、きっとすっごく喜びます！」

「そうかもしれないけどさあ……」

水をさすように、横から欠伸まじりにディオが言った。口にはまだ、チョコレートが少しついている。

「手紙なんか、あの兄貴が書いてくれると思う？」

あ、と呟いてミントとメルは顔を見合わせた。確かにちょっと……無理そうな気がした。

「だめかあ……」

ほう、とため息をついたとき、観測所の扉が開いて、クレスとチェスターが入ってきた。ふわりと漂ってきた匂いに、メルは敏感に鼻を動かした。

「クレスさんたち、もしかしてお風呂《ふろ》に入ってきました？」

「あ、わかっちゃった？」

「わかりますよ。いい匂いですもん。ずるいなあ……」

クルールも、ずるいという顔をして、耳を寝かせた。

クレスは、参ったなあと笑った。

「村の方は雨がすごくて、泥だらけになっちゃったんだよ。マントも服もどろどろ。髪の毛なんてカチカチに固まっちゃうしさ。いくらなんでもそんなんで人前に出られないだろ？　だからチェスターと一緒にちょっと入ってきたんだ――ごめん」

メルとクルールはあからさまにふくれて見せたが、ミントはいつにも増してやわらかく微笑んだ。

「なんにしても、怪我もないみたいで良かったです。おかえりなさい、クレスさん、チェスターさん。――村は守れたのですね？」

「うん。もう大丈夫だよ」

「アミィも元気だったぜ。ミントにも一度、会わせてやりたかったな」

「わたしも、お逢《あ》いしてみたかったです」

「えー、ミント姉ちゃん、ほんとに？」

ディオが、ちょっと意地悪めいた顔になった。

「兄貴の妹って、師匠のことが好きだったんだろ？　ライバルじゃん！——あ、宣戦布告がしたかったってやつ？」

イシシ、と笑うと、クレスとミントの顔はほんのりと赤くなった。

「もう、ディオくん！」

「こ、こらっ！　大人をからかうんじゃない！」

振り上げられた腕をひょいとかわして、ディオは素早く反対側へと逃げた。

「冗談。冗談。——でも師匠、これでもう帰れるんだろ？　じゃあオレ、ダオスの衣装に着替えるから待っててくれよ！」

「待ってくれ、ディオ」

とクレスは彼を止めた。

「僕らはまだ帰らない。まだやることが残っている」

「え？　だって、村は救ったんだろ？」

「ああ。けど、ここへ来る途中、チェスターとも話し合ったんだけど、根本の原因を取り除《のぞ》かない限り、この先この時間軸《じく》上で、第二、第三の黒騎士が現れないとも限らないんだ。その不安を残したまま帰るわけには行かない」

それを聞くとメルとディオは、はっきりとうろたえた。

「ち、ちょっと待ってよ、師匠！　それってまさか……」

二人の考えを肯定《こうてい》して、クレスは頷いた。

「そう――この時代で、僕らはダオスを討とうと思う」

7　終わらぬ戦い

「はい、これ」

《忍者頭《がしら》》のコスチュームを着たディオと、《すず》のコスチュームを着たメルは、完璧《かんぺき》なユニゾンで、クレスに向かって手を差し出した。そうして開いた掌《てのひら》から、きらりと零《こぼ》れ落ちたのは、不思議な色をした宝石をヘッドにした、二つのペンダントだった。

クレスはそれを受け取ると、複雑な顔で見つめた。

かつて、彼は同じ物を持っていた。十五の誕生日に父から贈られたのだ。その時はただ単に綺麗《きれい》な宝石としか思わなかったし、正直、要《い》らないと言った。そんなものよりも剣の方が欲しかった。男がペンダントをつけるなんて、という思いがあったからだが、家宝だというのであきらめ肌身はなさずに持っていた。だが自分たちの時間軸《じく》では、これは黒騎士に奪われ、ダオスの復活に利用され、砕け散った。

それが、いま目の前にある。

手にしてみて、これがどういう種類の物であるか、今のクレスには理解できた。

この二つのペンダントは、エターナルソードとある意味似た働きをしている。クレスに贈られた物はダオスの過去を凍結し、メリルが持っていた物はダオスの未来を凍結しているのだ。それによりダオスは時空転移直後の時間にその身を固定されて、引くも進むも出来ない状態におかれ、封印《ふういん》されているのだった。

だが、完璧ではなかった。

トリニクス・D・モリスンの作ったこのペンダントは《時空転移魔術》の応用品だが、所詮《しょせん》は人の手によるもの。歪《ゆが》みは否《いな》めない。その僅《わず》かな隙《すき》をつき、ダオスは凍結時間から現在へと干渉《かんしょう》した。《魔人》の探索《たんさく》を命じられ、有史以前の王族が築いたと思われる古い地下墓地の遺跡へ赴《おもむ》いた黒騎士を魅了し、村を、ミントの家を襲わせたのだ。

こうしてダオスが封印されている棺《ひつぎ》を目の前にしていると、そのことがはっきりとわかる。

——クレスたちは今、地下墓地の最深部にいた。

彼らは観測所に集まってすぐ、エターナルソードの《空間転移》能力で、ここへと来たのだった。

ダオスを倒すことについて、なぜかメルとディオは乗り気ではなかったが、クレスとチェスターの意思は変わらなかった。なら先に帰って構わない、とクレスたちは言ったが、双子はそれをきっぱりと断った。

「クラースさんにその剣も返さなきゃならないし、アーチェのおばさんの手前もあるから、それはできないよ」

ディオの意思は強固だった。

「師匠たちが、どうしてもやるっていうなら、オレたちも一緒に行く。オレたちには見届ける《義務》があるからさ。――だけど、絶対に戦わないぜ。たとえ、師匠や兄貴、ミント姉ちゃんが、ダオス……に倒されても、助けやしないからな。――邪魔《じゃま》もしないけど」

呆気《あっけ》にとられたクレスたちに向かって、メルも同じ考えだと頷《うなず》いて見せた。

二人が何を考えてそう言ったのか、クレスにはわからなかったが、それで構わなかった。ともとメルとディオには、質問に答えてもらって終わりのはずだったのだ。

それに、そういう危ないことにはならないはずだった。

五人と一匹は、クレスたちがかつて延々と歩いた道のりを越え、一瞬で最深部へと到着した。そこは完全に密閉された部屋だった。なぜそう言えるかといえば、この部屋へと続く、長く緩《ゆる》やかに下降した廊下《ろうか》の入り口は、周囲を灼熱《しゃくねつ》の溶岩に囲まれているからだ。その下の階であるにもかかわらず、ここはひんやりとした冷気すら感じた。

「さっさと、殺《や》っちまおうぜ」

とチェスターが言い、クレスも頷いた。ダオスを復活させるつもりはなかった。棺ごとエターナルソードで貫《つらぬ》いてしまえばいい。棺は石製だったが、エターナルソードの前ではプディングも同然だ。

クレスは棺の横に立つと、剣先を下にしてエターナルソードを掲《かか》げ一気に突き下ろした。

メルとディオは、棺から離れた壁際《かべぎわ》で白くなるほどに手を握り合い、その様子を凝視《ぎょうし》していた。

しかし、棺はびくともしなかった。

信じられず、クレスは痺《しび》れた自分の手を見た。その理由は、すぐに判明した。

「時間が凍結しています」

棺の表面を撫《な》でて、ミントは皆にそう告げた。

「《タイムストップ》をかけられた物質がこれと同じ状態になります。時が止まっているために、変化のしようがないんです」

「でもよ、エターナルソードは時間を操れるんだろ？　だったら、どうにかなるんじゃねえのか？　もっかい試してみろよ、クレス」

「うん、そうだね」

クレスは意識を集中して、もう一度、剣を突き下ろした。

――だが、今度も結果は同じだった。

震えるような高い音が辺りに響いて、それで終わりだった。

「……だめだな」

「てーことは、こいつの封印を解かなきゃならねえ、ってことか？」

「そういうことになりますね……」

三人は、顔を見合わせた。

「アーチェもクラースのおっさんもいねえんだぜ？　勝てるか？」

「わからない。……じゃあ、やめるかチェスター？　マルス・ウルドールのような人間がまた現れる可能性はある。だけど、確実じゃない。そこに賭《か》けるか？」

「——いや。ここまでやったんだ。中途半端はできねえ」

クレスは大きく頷いた。

「ダオスは魔法でなければ傷つけられないんじゃない。魔法以外では傷付きにくいだけだ。このメンバーでも、絶対に勝てないというわけじゃない」

「ああ。特技、奥義《おうぎ》は結構効《き》くしな」

「エターナルソードがあるから、ダオスの《時空転移》も防げる——じゃあ、僕とメリルさんが持っているペンダントを手に入れよう」

チェスターとミントは頷いた。

「あの」

背中から声がかかり、クレスが振り向くと、メルがおずおずと手を上げていた。

「そのペンダント、わたしたちが手に入れてきます」

「メル！」と怒鳴ったのはディオだ。

「ディオ、戦うわけじゃないわ。クレスさんたちは、きっとペンダントを手に入れる。それが遅いか早いかだけの違いよ。わたしたちは戦えない。だからせめて、そのくらいは手伝いたいの」

ディオはメルの瞳《ひとみ》を見つめ、やがて、しかたねえなあと呟《つぶや》いた。

「師匠《ししょう》。エターナルソードを貸してよ。オレとメルで、忍者系のコスチュームでちょっと忍び込んでくるからさ」

「いいのかい？」

ディオは、大人びた仕草で肩を竦《すく》めた。

「しょうがないよ。オレが嫌だって言ったって、そしたらメルが一人でやるだけなんだから」

頷き、クレスはエターナルソードを貸した。

——それが、十五分ほど前のことだ。

二人は手早く着替えると、トーティス村とミントの実家へと跳《と》び、『盗賊』系衣装《いしょう》の上位にあたる『忍者』系衣装の特性を生かして忍び込み、誰にも気付かれることなく、こうして二つのペンダントを手に入れて戻ったのだった。

「オレたちが手伝えるのはここまでだから、あとは……任せるよ、師匠」

エターナルソードを返し、ディオはメルと連れ立って、再び棺の乗った魔法陣から離れた。

壁際で出迎えたクルールの頭を撫《な》で、無頓着《むとんちゃく》に《なりきり師》の衣装へと着替え始める。

クレスは、ミントとチェスターを交互に見た。

「準備はいいか？」

二人はしっかりと頷いた。ミントの手にはスターロッドが握られ、チェスターの手にあるエルヴンボウは、真新しく弦《げん》が張りなおされている。そして——クレスの右手にはエターナルソード。

クレスは、棺に一歩近づくと、ペンダントを握った左手を蓋《ふた》の上に伸ばし、ゆっくりと掌を開いた。

ヴン——

風に枝が唸《うな》るような音がして、ヘッドの二つの石が発光をはじめた。ペンダントはゆっくりと掌を離れて上昇する。

同じだった——黒騎士の手によって、封印が解かれたあの時と。

ペンダントはさらに浮き上がり、ある一点で突然停止した。輝きはさらに増して、目を眇《すが》めるほどだ。

クレスは慎重に後ろへ下がった。

次の瞬間、二つのペンダントは粉々に砕け散った！　時が動き出す!!

「来るぞ！」

エターナルソードを構え、クレスは叫ぶように言った。

漆黒《しっこく》に塗り固められていた棺に、色が、時間が戻る。蓋が四隅から細かなチリとなって消滅していき、視界の全《すべ》てを白く塗り固められるような輝きがあふれてくる。これも闇《やみ》だ——白い、光の闇だ。

永遠に続くかと思われた光の洪水は、だが次第に引いていった。消えたわけではない。白の闇は、棺の上でより輝きを増して凝固《ぎょうこ》して、人の姿を形作り、色を取り戻していく。

「ダオス……」

クレスは、ごくりと唾《つば》を飲んだ。

輝く黄金の髪が光になびいている。冷たく端正な顔は、これがとても《魔人》と呼ばれた人物とは思えぬほど穏《おだ》やかだった。美しい縁飾《ふちかざ》りの二重のマントが翻《ひるがえ》り、腕に嵌《は》めた金環《きんかん》が清《す》んだ音を立てた。

それが合図であったかのように、光は全てダオスの中に吸い込まれて消え、《魔人》はゆっくりと瞼《まぶた》を開いた。そうして青みがかった灰色の瞳にクレスたちを捉《とら》えると、僅かに目を細めた。

恐ろしく力のある視線だった。気圧《けお》されないように気持ちを踏ん張らなければ、逃げ出してしまうところだ。

「……あの騎士ではないな」

魂《たましい》まで凍りつかせるような声だ。記憶にあるそれとは微妙に異なっているように感じた。

「おまえには見覚えがある……そして、そこの女にも……」

ダオスの視線がゆっくりと、クレスとミント、二人の間を移動する。その瞳の光が、次第に強いものになり始めた。

「そうか……思い出したぞ……貴様ら、あの時の人間だな？　なるほど……貴様らも時を越えたのか。——あの魔術師と召喚術師《しょうかんじゅつし》はどうした？　あの二人を欠いて、私の前に再び姿を現すとは……愚かな。自らの愚かさに絶望し、殺されるために私の封印を解いたか？　それとも私の言葉が正しいと気付いて、人を見限ったか？」

クレスは腹に力を入れた。

「どちらでもない！　封印を解いたのは、この時間軸のおまえを滅ぼすためだ！」

「滅ぼす？　私を滅ぼしきれるのか、ただの人間に！　百年前、それが出来なかったことを忘れたか!!」

「あの時とは違う！　ダオス！　おまえの《時空転移》能力は封じた！」

「何っ!?」

ダオスは限りなく目を細めた。その顔が見る間に怒りに歪んでいくのを、クレスははっきりと見た。ダオスの瞳がエターナルソードを捉《とら》えた。

「その剣かっ!!」

「そうだ！　貴様はもうどこにも行けない！　この地下墓地が、貴様の終わりの地だ！」

「ぬかせ、人間っ！　ならば貴様らを殺し、その剣を奪うのみ!!」

ダオスの周囲で、魔法素《マナ》が急激に渦巻《うずま》き始めた。それは圧力として、はっきりと感じられるほどだった。

「やれるもんなら、やってみやがれっ！」

叫ぶなり、チェスターが五本の矢をずらりと抜いて弓を引いた。同時に、クレスが斜め右前へダッシュをかけ、ミントは逆にバックステップをした。それにより、チェスターの眼前がクリアーになる。

「喰《く》らいやがれ、ダオスっ！――屠龍《とりゅう》ーっ!!」

エルヴンボウの弦《げん》が、歌うように鳴った！

「ぐうっ！」

強烈な反動で、チェスターの体は後ろに弾《はじ》き飛ばされる。

矢の一本は、一直線に光をまとって疾《はし》った。残る四本はあらぬ方向へと飛んだように見えたが、驚くべきことに空中で軌道《きどう》を変え、ダオスに四方から襲い掛かる。

光が激しく明滅し、墓所の壁にダオスの影を躍《おど》らせた。

「うおっ！――お、おのれっ！」

矢は、その悉《ことごと》くが、ダオスの体に突き刺さる前に目には見えぬ障壁《しょうへき》によって弾かれた。鏃《やじり》は砕け、ばらばらと落ちた。だが衝撃を吸収し切れなかったのは確かだった。ダオスは顔を苦痛に歪《ゆが》め、よろめいたのだ。

その懐《ふところ》へ、クレスが迫る。

「人間がっ！」

ダオスはクレスに向かって左手をかざした。その掌《てのひら》が青白く発光を始める。

「消し飛べ、人間っ！」

白熱した光が、帯となってクレスめがけて放たれる。

クレスの体は光の中に音もなく溶け、突き抜けた光線の直撃を受けた壁がたちまち溶解した。

「愚か者め！　私に敵《かな》うとでも——」

「どこを見てやがるんだよ、この馬鹿がっ！」

「何っ!?」

チェスターの声が響き渡ったと同時に、ダオスの上に突然影が落ちた。振り向いた時には遅い！　《ダオスレーザー》の直撃を受ける寸前に空間転移を行ったクレスが、エターナルソードを《魔人》の頭上に振り下ろした！

ダオスは、すんでの所で切っ先をかわしたが、氷の刃《やいば》は彼のマントを無残に切り裂いた。

「ぬうっ！」

「転移——」

着地したクレスの腰が沈み、エターナルソードが光る。

「――蒼破斬《そうはざん》っ!!」

青く輝く闘気が、恐ろしい威力《いりょく》の刃となってダオスを直撃した。棺《ひつぎ》が粉々になって砕け飛び、ダオスは背後の壁に置かれていた彫像に叩《たた》きつけられた。彫像が倒れ、ダオスの上へと崩れ落ちる。

「があああっ！」

くぐもった叫びがその下から上がった。

「やったかっ!?」

「油断するな、チェスター！　やつはこんなものじゃや――」

クレスの言葉を肯定《こうてい》するように、彫像の下で光が膨《ふく》れ上がり、と思うと、指向性を持ってクレスに襲い掛かった！

「しまっ――」

「ユニコーンの瞳の輝きよ！　いま乙女《おとめ》の盾《たて》となりて、邪悪より護《まも》りたまえ！――バリア！」

クレスが目を腕で庇《かば》った瞬間、眼前に目には見えない祈りの壁が出現した。ダオスの《魔光》は、その壁に弾かれると、傘のように広がって拡散した。しかしクレスは無傷とはいかなかった。直撃をされなかっただけで、高熱は彼の肌を焼いていた。

「……やるな、人間っ！」

クレスは、エターナルソードを腰溜《こしだ》めにして、獅子《しし》の如《ごと》く咆哮《ほうこう》した。

「ダオスーっ！」


時空戦士とダオスとの壮絶な戦いを、メルとディオは互いの手を握りしめながら、胸が張り裂けそうな思いで見つめていた。

顔からは血の気が引き、噛《か》んだくちびるはいつ破れてもおかしくない。ほとんど直立不動で立ち、攻撃の余波が襲ってきても避けることすらしなかった。

そんな二人の代わりに、クルールが忙《せわ》しく、飛んでくる石片を撃ち落としたり、ダオスの放った攻撃魔法の軌道をそらしたりしていた。

目の前で雷《いかずち》が炸裂《さくれつ》しても、氷の槍《やり》が髪を掠《かす》めても、メルとディオはこの場を去ろうとはしなかった。

自分たちに、それは許されない——双子はそう考えていた。

なぜなら、いまのこの事態は、自分たちのせいだとも言えるからだった。

そもそも、ダオスがこの星に来ることになったきっかけは、彼の故郷の星《デリス・カーラーン》の魔法素《マナ》が枯渇《こかつ》したことによる。魔法素の完全な枯渇は、星そのものの死を意味する。

その原因を作ったのは、魔科学者のメルティアと、双子の弟であった武人のディオスという二人——この二人こそ、メルとディオの前世の姿だった。

ダオスは自分の星を救うべく、魔法素を生み出す新たな世界樹の種子を求めて、この星へとやってきた。そして《デリス・カーラーン》と同じ道を歩もうとしている人間を見て怒り、居《い》丈高《たけだか》にこれを諭《さと》そうとしたが聞き入れられず、長い戦いが始まった。

ダオスは、後世に伝えられるような侵略者では決してない。彼はこの星そのものには何の興味もなかった。だがこの星の人間から見れば彼は侵略者そのものだった。突然現れ、重要な生活基盤である『魔科学』を捨てろ、さもなくば力ずくでも捨てさせる、と言われたのだから。

今のダオスは、人間を滅ぼすことが自分の星を救う道だと信じて疑っていない。それは信念——思想といってもよかった。そしてクレスたちは、相手が説得を聞き入れるような存在ではないことを身をもって知っている。

両者が、歩み寄る余地などなかった。

だから自分たちに出来ることは、ここから逃げずに前世の自分たちが犯した過《あやま》ちの結果を見届けることだけ——そう考えたのだった。

しかし、そのつらさは、思っていた以上だった。

元々《デリス・カーラーン》の民であった二人の胸には、王であったダオスへの親しみがある。その一方で、クレスたちに対しては、伝説の英雄への尊敬があり、人間としても心から敬愛していた。

互いが傷付いていくたび、二人の心も血を流した。

クレスたちとダオスの戦いは、ほぼ互角だった。今より先、五十年後の未来でさらに強大な力をつけたダオスをも倒したクレスたちだが、やはりクレス側に魔法の担《にな》い手がいないことが、戦いを長引かせているといえた。

「やあっ！」

クレスの剣の切っ先が、ダオスの額《ひたい》を浅く斬《き》る。ダオスはのけぞりながら、クレスの胸甲《きょうこう》に手を当て、体内に直接魔力を打ち込んだ。

「クレス！」

「クレスさんっ！」

「――かはっ」

激しい衝撃に吹き飛んだクレスは、口からおびただしい血を吐き出した。だがそればかりではない。彼の肌は徐々に色を失っていく――石化現象だ！

「ミント！」

チェスターが声をかけ、大量に矢を番《つが》えると同時に、雨のようにダオス目掛けて放った。その隙にミントが呪文《じゅもん》を唱える。

「聖なる乙女の守り手よ、我が願いを聞き、この者の体よりあらゆる毒を消し去りたまえ……リカバーっ!!」

クレスの体が暖かな光に包まれ、肌の色が元に戻っていく。

「ありがとう、ミントっ！」

口元の血を拭《ぬぐ》い、クレスはチェスターの矢のスコールを隠れ蓑《みの》にするように、再びダオスへと突進していった。

双子のくちびるから血が溢《あふ》れ出した。強く握った互いの手は、ひどい痣《あざ》になっていた。

（もう、やめて!!）

メルの心の叫びがディオには聞こえた。だが、どうしようもない。ディオに出来ることは手を握り返してやることだけだった。

（誰か……誰か、この戦いを早く終わらせてくれよっ！）

ディオは、心から強く強くそう願った。

「うきゅ？」

不意に、流れ矢を叩《たた》き落としたクルールが、体をかしげるようにして空中の一点を凝視《ぎょうし》した。ディオは、何気なく視線の先を追った。と――

光球が出現した！

この輝きに、二人は見覚えがあった。否、ここにいる全員が知っている光だった。

それは――《時空転移》の輝きだ！

光の窓から、にゅっと生えてきたのは、先の白い薄紫色のブーツと、裾《すそ》の大きく膨《ふく》らんだ赤いズボン。それに箒《ほうき》の先。

「い……よっと！」

ぽん、と光球から現れたのは——

「ア、アーチェさん⁉」

「アーチェのおばさん⁉」

薄いピンクのイブニンググラブが、ディオの頭をコツンと叩いた。

「誰がおばさんだっ！　おねえさん、っていつも言ってんしょ！——ったく、なにやってんのよ。十分で戻るなんて書き残しといて、この嘘《うそ》つきっ！」

「アーチェさん、どうやってここに……」

「んあ？　超特急で《トール》に行って《時空転移装置》を殴《なぐ》りつけて動かしたの。ほら、さっさと帰るよ。エリックとファーメルに知られたら、あんたたち大目玉だかんね」

「ち、ちょっとまってよ！　今の状況わかってる？」

「なにが？」

メルとディオとクルールは、揃《そろ》ってアーチェの後ろを指差した。彼女は、いぶかしげな顔をしながら背中を振り向いた。

「げげっ！　ダオスっ⁉　それに、クレスにミント……チ、チェスターも⁉　なななにこれ？　どうなってんの？　よく見たら、ここってあの地下墓地じゃん！　何でこのメンバーでダオスと戦ってんの⁉」

「クレスさんたち、黒騎士から村を守ったんだ。……でもダオスがいる限り、次の黒騎士が現れないとも限らない、って。それでこの時間軸上のダオスを、ここで倒しておこうってことになったんだ……」

「ぬわにぃ!? ちょいまち！ クレスたちは、あんたたちとダオスの関係を知ってんの？」

二人と一匹は首を振った。するとアーチェの顔が見る間に険しくなった。

「ったく、この喧嘩《けんか》馬鹿どもがっ。ミントがいながらなにやってんのよっ！」

アーチェは双子にくるりと背を向けると、箒の柄《え》の頭を、たん、と床に打ちつけた。ポニーテールにしたピンクの髪がふわりと揺《ゆ》れる。彼女は右手で印《いん》を結ぶと、それを上に伸ばした。

「……天光満つるところ我はあり……」

ぶつぶつとアーチェは、そう呟《つぶや》いた。

「この呪文《じゅもん》っ!?」

メルとディオは、目を瞠《みは》った。まさか――二人と一匹はとっさに目を瞑《つむ》った。

「めんどくさいから、あと略！ いくよっ！ 《インデグニション》っっ!!」

言い終わると同時に、雷系最強の魔術が狭いモルグで炸裂《さくれつ》した!! 耳を圧する轟《とどろ》きと、白光が全《すべ》てを飲み込む。

「うわあっ！」

「きゃあっ！」

「んぎゃっ！」

「ぐおおっ！」

光の中で四つの悲鳴が上がり、そうして……後には、倒れて動かない四人の男女と、腕組みをしてそれを見下ろす魔女、そして、目を白黒させた双子と一匹がそこにいた……

8　旅の終わり

「だ・か・ら！　ミントがこいつにバリアーを張って魔法素《マナ》の流出を抑《おさ》えてやれば、そのうちあんたの欲しい実がなるの！　そしたら、あんたはそれを持って自分の星に帰ればいいでしょ？」

青々と葉の茂ったユグドラシルの幹を叩《たた》きながら、アーチェはダオスに向かってそう説教を打《ぶ》っていた。

あれからアーチェは、エターナルソードを使って全員を世界樹ユグドラシルの前に転移させ、クレスたちに容赦《ようしゃ》なく水をぶっ掛けて目を覚まさせると、攻撃魔法をちらつかせながら正座をさせてねちねちと、力でしか物事を解決しようとしない彼らの馬鹿さ加減を責め立てたのだった。

「人に《インデグニション》をぶちかましといてよ……」

というチェスターの抗議は、尻《しり》の下から生えた《グレイブ》の一撃で黙殺された。

「いーい？」

アーチェは、座っているのがやっとのダオスに向かって指を立てた。

「それまであんたはここで、そのバリアーを解こうとする連中がいたらそいつらだけを追っ払うなりなんなりすればいいじゃん。あんたが欲しいのは種だけなんだから、文句ないんじゃないの？」

「………………」

「嫌だって言うなら、あたしはクレスたちに手を貸して、あんたをここで滅ぼす。そしたら《大いなる実り》は手に入らなくて《デリス・カーラーン》は確実に滅ぶね」

ダオスはしばらく考え込んでいたが、やがて大きく頷《うなず》いた。

「私はそれで構わない。おまえの言う通り、私が欲しいのは《大いなる実り》だけだからな──しかし、あの《魔導砲《まどうほう》》をつくったハーフエルフの仲間とは思えぬ意見だな」

「そんな括《くく》りは何の意味もないって。あんたの星にもいい奴《やつ》と悪い奴がいたっしょ？　それとおんなじだよ」

「そうか……」

アーチェは次に、クレスを向いた。

「あんたはどう？　まだダオスと戦いたい？」

クレスはちら、とミントを見た。彼女は、それでいいというように頷いた。

「僕は……本当にダオスが約束を守れるなら、アーチェの提案で構わない」

「クレス！　こいつを信用するのかよ！」

チェスターは、そう叫んで立ち上がろうとしたが、まだ体がいうことをきかずによろけ、大地に手をついた。

「……こいつは、あの《ダオス》だぞ……」

「わかってる……だけど、僕たちはダオスの目的に嘘《うそ》がないことも知っている——その一途《いちず》さも。なら、あとは僕ら人族の側の問題じゃないかと思う。魔法素《マナ》がほとんどなくなれば皆、魔科学に興味を失うはずだ。そうなったら魔法素のことなんか相手にする人はいなくなるよ。ダオスはここから出ない。人の方で手を出さなければ大丈夫だと思う」

「そんなの……わかるもんかよ……」

「チェスター、僕らはもう十分やった。後はこの時間軸《じく》上の人たちに任せよう。アーチェが来たのは、僕らはやりすぎているって警告のような気がする。僕らは神じゃないんだ。ずっとここでアミィちゃんたちを守っていくことは出来ない。ここが潮時《しおどき》だよ」

「なら、何でこいつを殺すことに賛成したんだ！」

チェスターは、ダオスを指差した。

「そんなの、あんたの気持ちを思いやってに決まってんじゃん、馬鹿」

ふん、とアーチェは鼻を鳴らした。

「そんなこともわからないの？　欲張るのもいい加減にしなよ、チェスター。あんたの目的は何さ？　アミィを救うこと？　それとも全部の時間軸上のダオスを殺すこと？」

「それは……っ」

チェスターは言葉を喉《のど》に詰まらせ、そうしてうつむいた。

(若いんだから)

とアーチェは心の中で苦笑した。こうだったのだから、あの頃の自分が苦労するのもあたりまえだと思った。

「でも……」とミントが訊《き》いた。「いいんですか、アーチェさん？　そうしたらエルフ族はほとんど魔法が使えなくなりますよ？」

「もとの歴史から見て、たかだか五十年早いだけじゃん？　生粋《きっすい》のエルフたちにとったら、そのくらいの時間差はないようなもんだよ。それにあたしは自分勝手な女だから、メルとディオがつらい思いをするよりは見知らぬエルフ族の連中が苦労する方を選ぶの」

「でも、ルーチェさんは……」

アーチェは母親の名を聞いて、少し照れたようにパタパタと手を振った。

「大丈夫、大丈夫。皆あのあとも何とかやってたし。むしろ魔法がほとんど使えなくなって、いっそう人族との距離が縮まったくらいなんだから、気にすることないって」

「はあ……」

「んじゃ、決まりね――はい、ミント」

アーチェは、ミントに体力気力完全回復薬《エリクシール》の壜《びん》を投げた。ミントは何とか落とさずにそれを受け取ると、蓋《ふた》を開け中身を一気に飲み干した。

「んじゃ、ダオス、あんたは樹《き》の傍《そば》に行って行って」

ダオスは何とか立ち上がると、アーチェと入れ替わるようにして、ユグドラシルに寄りかかった。徐々に傷は治っているようだが、まだ辛《つら》そうではある。

「OK。——それじゃあ、ミント。やっちゃって」

ミントはクレスとチェスターを見た。クレスは頷いたがチェスターは横を向いたまま、何の反応も見せなかった。ミントは目を閉じると、両手を空に向かって広げた。

「……ユニコーンの瞳《ひとみ》の輝きよ。いま……乙女《おとめ》の盾《たて》となりて……邪悪《じゃあく》よりこの樹と魔法素《マナ》を護《まも》りたまえ……バリア！」

するとミントの声に応《こた》えるように、光の障壁《しょうへき》が世界樹の周辺を囲んで、天へと真《ま》っ直《す》ぐに伸びていった。

見た目には何も変わらない。樹の傍《そば》へも行くことは出来るし、触れることも出来る。だが魔法素の流出が確実に弱まったことを、アーチェは肌で感じることが出来た。

「これでよし、と」

「なるほど……これは私にはない力だ。この力があれば、私は無為《むい》な戦いをせずにすんだな」

「無理無理。だってあんたは神様なんか信じてないじゃん」

た。

ダオスは、今度こそはっきりと微笑《ほほえ》んだ。それはクレスたちが初めて見る、彼の笑顔だった。

「そうだな……」

「《大いなる実り》が出来るまで、私はここで眠りにつこう。人が手を出さなければ目覚めることはあるまい。――そうであることを祈る」

彼は、メルとディオをとても優しい瞳で見て頷くと、ゆっくりとユグドラシルの中へと融《と》けていき、そうして完全に消えた。

メルとディオは、互いを見ると同じ顔で微笑みあった。

「……勝手なことしやがって」

相変わらず座り込んだままのチェスターが、そう言った。昔のアーチェならすぐに怒っただろうが、今は違う。彼が本当はわかっていることを、それでも素直になれないことを、今のアーチェはわかっていた。

「ええ、ええ、アーチェさんは勝手ですよ」

彼女は、からかうように言った。

「でも、それを言うならあんただってそうでしょ？　ダオスもそうだし、メルとディオだってそう。皆、勝手なんだよ。それでいーじゃん」

「へっ。ばーさんになると、言うことが説教くせえぜ」

「お？　やっとあんたらしくなったじゃん。よしよし」

アーチェはチェスターの髪を優しく撫《な》でた。

「やめろ、鬱陶《うっとう》しい！」

彼はそう言ってアーチェの手を払ったが、言葉とは裏腹にその顔は照れたように赤かった。

クレスとミントはその様子に笑った。

「あの、アーチェさん……？」

「ん？　なに、ミント」

「アーチェさんは、わたしたちの時代のアーチェさんじゃないんですよね？」

「そうだよ。あたしは、メルとディオの時代のアーチェさんなのだ！」

「ほんと……変わりませんね」

どこか感心するような声に、アーチェはイシシと笑った。

「うらやましい？　お肌だって、まだまだしっとりよん♥　ミントは相変わらずおっきな胸じゃん。なに？　毎晩、クレスに揉《も》んでもらってるの？」

「そ、そんなことしてませんっ！」

ミントは顔を真っ赤にして、腕で胸を隠すようにした。いやらしく手を動かしてみせるアーチェに、クレスは深くため息をついた。

「アーチェ、なんか親父《おやじ》くさくなったな……」

「そう？」

「クレス……こいつは昔からこうだぜ……」

「わかってるじゃん、チェスター」

アーチェは、腰に手を当ててるとカラカラと笑った。それを聞きながら、クレス、ミント、チェスターの三人は、疲れたように肩を落とした。

「――ま、冗談はそれくらいにして。そろそろ戻ったほうがいーんじゃない？」

「そうだな。やることはやったんだ。僕らは、僕らの時間に帰ろう」

「はい」とミントは頷いた。

クレスは、エターナルソードを取り出すとそれを掲《かか》げた。全員が彼を中心に寄り添う。

「……エターナルソードよ！　僕らを僕らの時代に‼」

剣はまぶしく輝き、光が六人と一匹を包んだ。

――そうして、その輝きが消えた時、後にはただユグドラシルの枝が立てる、サワサワという葉擦《はず》れの音だけが残った。

ただ、それだけだった。

「あれっ⁉」

光が消え、目を開けた三人と一匹は、目の前の景色に驚いてそう声を上げた。

そこは、見慣れたフォートの屋敷《やしき》の中だった。

家の中は静まり返っている。壁の大きな柱時計を見ると、出発して丁度《ちょうど》一時間三十分ほど経《た》っていた。カチコチという歯車の音が、やけに大きい。

ディオは首を捻《ひね》った。

「どうなってんだ？　てっきり、師匠《ししょう》たちの時代に、いっしょに戻るもんだとばっかり思ってたのに」

「あ！　きっと、ほら、クレスさんがエターナルソードに『僕らを僕らの時代に』って言ったからだよ！　それを『それぞれをそれぞれの時代に』って意味に取られちゃって、それでわたしたち、ここへ戻されちゃったんじゃない？」

「なんだよー、じゃあもう一回、《時空転移》をしなきゃならないのかよ」

「どうして？」

「だって、クラースさんにエターナルソードを返さなきゃならないだろ？」

「あ、そっか」

「いーけど、疲れるんだよな……《時空転移》って」

「ぼやかないぼやかない。ミントさんとまた会えるんだからいいじゃない」

「な、なんで、ミントねーちゃんが出てくんだよ！」

「さあ、なんでかなー？」

「うきゅきゅきゅ」

「メル、最近ちょっと意地が悪いぞ！　クルールも笑うんじゃねえ！——ちくしょう、オレ、もう寝る！」

ディオはすっかりむくれると、どすどすとわざと床を鳴らして歩き、自分の部屋の方へと行ってしまった。

「……もう、子供なんだから。ねー、クルール？」

「うきゅうきゅ」

メルはクルールをぎゅっと抱きしめると、いつのまにか窓によって夜空を眺めるようにしていたアーチェに気付いた。クルールから手を離すと、メルはそっと彼女の傍《そば》に寄った。

「アーチェさん♥」

「ん？　なに、メル？」

「……アーチェさん、なんだか幸せそう」

「そう？」

「はい」

「そっか……あのバカの元気な所、久しぶりに見れたからかもね……」

メルは、無言で頷いた。

アーチェは思い出すようにやわらかく目を閉じた。

白い月の輝きに照らされたその横顔は――本当に、綺麗《きれい》だった。

クレスたちが戻ったのは、過去へと出発してすぐの夜明け直後だった。部屋の空気はまだ温《ぬく》もったままで、暖炉では熾火《おきび》が赤く輝いている。

「おい、あいつらがいないぞ⁉」

最初にそのことに気がついたのはチェスターだった。部屋の中には、どこを探しても三人の姿しかなかった。

「まさか、置いてきちまったのか⁉」

「そんな――」ミントは蒼白《そうはく》になった。「もしかしたら、どこかの時間へ落としてきてしまったのでは――」

「ち、ちょっと待って！」

クレスは、エターナルソードを額《ひたい》に当てるようにすると目を閉じて神経を集中した。ミントとチェスターは、息を呑《の》んで彼を見守った。

やがて、険しかった顔が、ゆっくりと安堵《あんど》の表情へと変わっていった。

「……クレスさん？」

クレスは剣を離すと、ミントとチェスターに笑いかけた。

「大丈夫。エターナルソードが僕の言葉を勘違《かんちが》いして、三人と一匹を彼らの時間に帰しちゃったんだ」

「な、なんだ……そうか……」

「よかった……」

ミントは、文字どおり胸を撫《な》でおろした。

「でもよ、そいつはどうする？」

チェスターはエターナルソードを指差した。クレスは剣を鞘《さや》に収めると、それを腰から解き、テーブルの上に置いた。

「あの二人のことだから、きっとまた来るよ。クラースさんに返すために」

「おまえが持ってても、いいんじゃねえの？」

「やめておくよ。僕はそんなに強い人間じゃない。手元に置いておけばいつまた使いたくなるかわからない。それじゃあ僕は、いつしかダオスと同じになってしまう」

クレスは、マルスが自分を見て《魔人》と言ったことを思い出していた。時間と空間を自在に跳《と》び、強大な力を振るう——彼からすれば自分もダオスも同じに見えたのだろう。

彼も救えたのではと考えるのはやめた。それを考え出せばきりが無くなる。自分の手は、それほど長くはない。

クレスの考えがわかったように、チェスターは薄く微笑むと、踵《きびす》を返し二人に背を向けた。

「どこに行くんだ、チェスター？」

「心配すんな。ガキどもの様子を見に行くんだよ。……あいつらも、オレの大事な弟に妹だからな」

玄関の扉の前で、チェスターはふと足を止めた。だが振り返りはしない。

「チェスター？」

「クレス……俺たち、やったんだよな……？」

「──ああ、そうさ。僕たちはやったんだ、チェスター」

「やっと、終わったな……俺たちの《旅》も」

「ああ」

青みがかった銀髪が揺《ゆ》れて、チェスターは僅《わず》かに頷いたように見えた。

「……ガキどもの様子を見たら、その足でちょっくら出かけてくるわ。……あのバカ、むかえに行ってやらなくちゃな」

返事を待たず、チェスターは扉を開けると外へ出た。

「チェスター、頑張れよ！」

「チェスターさん、素直になってくださいね！」

チェスターは、背を向けたまま拳《こぶし》を握った手を掲《あ》げて見せ、そうして朝の光の中に溶けて見えなくなった。

クレスは、ふっと息をついた。

「……素直に、か」

「どうしたんですか、クレスさん？」

応《こた》える代わりにクレスはミントを振り向くと、真《ま》っ直《す》ぐにその顔を見つめた。

「クレス、さん……？」

「ミント……僕も、これからは素直になろうと思う。僕はこんな性格だから、なんでもすぐにっていうのは無理かも知れないけど、少しずつ、そうしていこうと思う」

ミントは驚いた表情を浮かべ、それからクレスが何を言わんとしているのかをわかって、ほんのりと頰《ほお》を染め、彼の瞳《ひとみ》を見つめ返した。

「クレスさん……わたしも……素直になっていいですか……？」

静かにクレスは頷いた。

揺れる瞳を、ミントはそっと閉じた。

涙が一筋、頰を伝って流れ、それは窓から射《さ》し込む朝の陽《ひ》の光の中で、生まれたばかりの星のように美しく輝いた……

エピローグ　～夢～

純白のウエディングドレスに身を包んだアミィは、扉をノックする音に顔を上げた。

青みがかった銀髪の上には、赤い宝石をあしらった黄金のティアラが載《の》っていて、普段はどこかにまだ少女っぽさが残る顔も、今日はユークリッドから来た職人の手で大人っぽく化粧を施《ほどこ》されている。

「準備できたか、アミィ」

「うん。入ってきていいよ」

廊下《ろうか》から聞こえた声にそう答えると、兄のチェスター・バークライトが入ってきて後ろ手に扉を閉めた。普段は動きやすいラフな格好ばかりしている兄も、今日ばかりはきちんと正装をしている。花嫁の父代わりなのだから当然なのだが、いつものことでぎりぎりまで渋《しぶ》っていた。

「よく似合ってるよ、おにいちゃん」

「よせよ、ばか」

チェスターは、苦笑いして少しだけ衿《えり》を緩《ゆる》めた。

「もう、すぐそうなんだから」

アミィはふわりと立ち上がると、白いグラブをした手で兄の衿を直した。

「せっかく緩めたのによ」

「だーめ」

アミィはくすくすと笑った。

そんな妹の顔を見つめて、チェスターはやわらかく微笑《ほほえ》んだ。

「……良かったな、アミィ」

「うん……」

ティアラの載った頭を、アミィは兄の胸に、とん、とつけた。

「……今日まで、本当にありがとう、おにいちゃん」

「よせよ、バカ……同じ村にいるんだろうが」

「そうだけど、ほら、こう言うのは儀式だから」

「儀式ねえ……」

「そ」

アミィは頭を離すと、チェスターを見て優しく微笑んだ。

この笑顔も、今日で自分だけのものではなくなるのだ——そう思うと少しだけ寂《さび》しい気がした。世間一般の兄の考えることではないが、幼いころからずっと父親代わりだったのだから仕方がない。

（けどまあ、あいつじゃ仕方ねえよな……）

結婚の挨拶《あいさつ》にきたときの、照れまくりうろたえまくりの花婿《はなむこ》の様子を思い出して、チェスターは苦く笑った。

彼は、性格も腕っ節も、チェスターが認める数少ない男の一人だ。その男を見初《みそ》めたのだから、妹ながら見る目は確かだと誉《ほ》めてやってよかった。

「アミィちゃん、あの、そろそろいいかな……？」

廊下から花婿の声が聞こえて、アミィは顔を扉に向け、はい、と答えた。

幸せそうなその表情はとてもまぶしく、チェスターには、まるで別の世界の出来事のように思えた。

「なんだか、夢みたいだぜ……」

目を細め、チェスターは呟《つぶや》いた。

「夢じゃない」

兄の手をとり、アミィは微笑みながら言った。

「夢じゃないよ、おにいちゃん」

《おわり》

あとがき

はじめての方は、はじめまして！　『テイルズ オブ ファンタジア～なりきりダンジョン～』（上・下）を、ご存知の方はお久しぶりでございます～。

結城聖《ゆうきしょう》です!!

再び、こうして、帰ってくることができました――ファンタジアと共に！


いやー、ファンを続けているものですねっ!!　ケイゾクは力なり、というか、なんとかの一念岩をも通すというか――な、な、なんと！　ナムコさんのゲームの方に参加させていただけることになってしまったのです!!

しかも、ファンタジアのシナリオを!!

これを読んでいる皆様は、プレイしていることと存じますが（まだの方はぜひっ!!）、この本のタイトルにもなっている『テイルズ オブ ファンダムVol.1』の中のカオベンチャーの中の一本、ファンタジア編の『宝石の思い出』というシナリオを書かせていただきましたー。

しかも、収録にも立ち会うことができて、声優さんたちの演技を生《なま》で拝見することができました！

ゆ、夢のようだ……。

言ってみればこれは、バンドの追っかけをしてたらマネージャーさんの目にとまって、君、臨時のメンバーになってみない？　と言われたようなものでしょう!!

世の中にはこういう事もあるんですねえ……人生、捨てたもんじゃありません。

『テイルズ オブ ファンダム Vol.1』には他にも、あの素晴らしいドラマCDの脚本の数々を手掛けた、金月龍之介《きんげつりゅうのすけ》先生も参加しておられます!!

いったいどんなシナリオを書かれたのか、一ファンとして楽しみです。

ああ、でも！　『ちっ、金月先生がファンタジアのシナリオじゃねえのかよ』とか言われたらどうしよう!!

もしくは、『はあ？　結城聖？　誰それ？　ファンタジアのノベライズっていったら通算100万部の某先生じゃないの？』とか言われたら……。

と、とにかく、有らん限りの愛と力を注ぎ込みましたので、ぜひ、お試しください！

価格も、￥3800とお得ですので!!

えーと……このノベライズは、私がやらせていただいた『宝石の思い出』を受けてのお話になっています。――とはいえ、ゲームの方を未プレイでもわかる、完全に独立したお話になっていますので、ご安心を。

『宝石の思い出』は、クレスとチェスターの出会いと友情を、チェスターの妹のアミィと、クレスの目を通じて描いたものです。

そして『旅の終わり』は『なりきりダンジョン』の後のお話になります。

なので、このお話で重要な役割を担《にな》っている《時空の構造》に関しての考え方は、『なりきりダンジョン』のゲーム内で示されたものが元になってます。

ですから『なりきり』を未プレイの方は《?》に思うかもしれませんが、『なりきり』はファンタジアの正式な続編ということですので、そちらの《時空の構造》の考え方を元にしてあります。

だから……『変じゃないか!』とか、言わないでくださいねー。


ところで、ゲームの方ですが……『Vol.1』とあるからには、『Vol.2』もあるのかなあ……あったらいいなあ……。

また、参加させていただけるかどうかはわかりませんが、そのときはぜひ、メルとディオとクルールも出るお話が書きたいです!! ――と、アピール。

最後に、『テイルズ オブ ファンダムVol.1』に参加させてくださった、ナムコ様のスタッフの方々に感謝いたします。特にプロデューサーの豊田《とよだ》様とディレクターの田中《たなか》G様には、厚く厚く御礼申し上げます。

そして、今回もいろいろと奔走《ほんそう》してくださいました、スーパーダッシュ文庫の私の担当のCさまにも、厚く御礼を！

今後とも、よろしくお願いいたします～。

そしてもちろん、これを読んでくださった読者様に、最大の感謝を！

それでは、またいつか、何処《どこ》かで！

二〇〇二年　一月　中旬

結城　聖

この作品の感想をお寄せください。

あて先　〒101—8050
東京都千代田区一ツ橋２—５—10
集英社　スーパーダッシュ編集部気付

結城　聖先生

松竹徳幸先生

テイルズ オブ ファンダム
～旅の終わり～
結城　聖

集英社スーパーダッシュ文庫

2002年2月28日　第1刷発行
2002年12月20日　第3刷発行
★定価はカバーに表示してあります

発行者
谷山尚義

発行所
株式会社　集英社
〒101－8050　東京都千代田区一ツ橋2－5－10
03(3239)5263(編集)
03(3230)6393(販売)・03(3230)6080(制作)

印刷所
図書印刷株式会社

ISBN4－08－630070－2　C0193

協力:(株)プロダクション・アイジー

好評発売中 スーパーダッシュ

TOP《テイルズ オブ ファンタジア》人気キャラの、その後が明らかに！

テイルズ オブ ファンタジア
～なりきりダンジョン 上・下巻～

結城 聖《しょう》

イラスト／松竹徳幸

本当の自分を探すため、時空を越える旅に出た双子のディオとメル。伝説の『時空の六勇者』との出会いの中で成長し、試練を乗り越えていく。だが、二人の行く手に、衝撃の真実が待っていた…。

福娘、そろってまーす!!
“はっぴぃ♥セブン”相性診断

美少女アクションの決定版『はっぴぃ♥セブン』に
登場する女の子の中で、誰が一番あなたに
合ってるかがわかる、相性診断です！

明日は“あの子”の誕生日！　プレゼントを選びに街に出たあなた。
何をプレゼントしたら喜ぶかな？　以下の7つから選んでね。

- レストランのお食事券（10人前）→ A
- 水着（競泳用）→ B
- 湖畔の小さな別荘 → C
- 繊維入りのマスカラ（まつげが3倍に！）→ D
- お料理レシピ集（節約おかず系）→ E
- 『今日一日言うこと何でも聞く』券 → F
- 純米大吟醸酒 → G

あなたの運命の福娘は誰でしょう？

A

Aを選んだあなたには
『宗方みく』さんがぴったり！
福娘随一のフードファイターの
彼女には食べ物が1番です。
〈天の巻P131他　参照〉

B

Bを選んだあなたには
『沖まひる』さんがぴったり！
泳ぎが得意な彼女は、当然海も
大好き！　一緒に出かけよう☆
〈地の巻P35他　参照〉

C

Cを選んだあなたには
『寿みな・なみ』姉妹がぴったり！
名家で育ったお二人にとって
プレゼントと言えばこれ！
〈天の巻P188他　参照〉

D

Dを選んだあなたには
『北山たもん』さんがぴったり！
流行に敏感で、メイクもばっちり
の彼女が喜ぶ新製品を！
〈召しませ福を♥P18他　参照〉

E

Eを選んだあなたには
『黒田くりや』さんがぴったり！
家庭的な彼女の趣味は、料理。
倹約魂もくすぐれます。
〈召しませ福を♥P80他　参照〉

F

Fを選んだあなたには
『弁天お菊』がぴったり！
傍若無人な反面、淋しがりの彼女
ふりまわされよう！
〈地の巻P144他　参照〉

G

Gを選んだあなたには
『猩々』がぴったり！
さしつさされつ、ちょっと酒乱
気味の猩々と2人きりの夜を！
〈天の巻P97他　参照〉

川崎ヒロユキ

イラスト／COM

シリーズ好評既刊

召しませ福を♥
はっぴぃセブン

福娘七変化♥
はっぴぃセブン
～天の巻～

福娘七変化♥
はっぴぃセブン
～地の巻～